富嶽百景グラフィアトル

瀬戸みねこ

24018

角川ビーンズ文庫

Contents

富嶽百景グラフィアトル

Fugaku Hyakkei Graphiattle

Fugaku Hyakkei Graphiattle

登場人物
CHARACTER
狩野探雪
Tansetsu Kanou
かのう　たんせつ
四季隊の新人絵士。富嶽館時代の成績は最下位で、特に鳥獣系の画術は壊滅的。首席の光起の相棒となる。真っ直ぐで純粋故に熱くなりやすい。
土佐光起
Mitsuoki Tosa
とさ　みつおき
四季隊の新人絵士。富嶽館時代の成績は首席で、最下位の探雪と組むことに納得いかない。統制長官である父・光則と確執がある。

英 一蝶

はなぶさ　いっちょう

Itchou Hanabusa

四季隊一番隊副組長。富嶽館では講師を務める。守景の相棒で、マイペース。

久隅守景

くすみ　もりかげ

Morikage Kusumi

四季隊一番隊組長。富嶽館では講師を務める。兄貴肌のまとめ役。相棒の一蝶には甘い。

歌川国芳

うたがわ　くによし

Kuniyoshi Utagawa

倒幕を目指す組織『末枯（うらがれ）』の中でも過激な派閥として知られる歌川派の長。

狩野探信

かのう　たんしん

Tanshin Kanou

探雪の兄。圧倒的な画術力を持つ。8年前家を出て以来、行方不明。

本文イラスト／村カルキ

序章

ときは文啓三年、十七代将軍徳山吉房の代。

前代から始まった幕府による絵画の厳重な規制により、世の中には新たな倒幕派が生まれていた。規制に反発する一部の元絵師たちが集結し、倒幕を目指す組織『末枯』を結成。彼らは、思い描いた絵を具現化する能力である〝画術〟によって度々乱闘を起こし、町は荒んでいった。

幕府は、倒幕派に対抗する警察組織として、同じく元絵師たちを集めた『四季隊』を発足した。画術を身に付けた彼らは〝絵士〟と呼ばれ、戦いに駆り出される。

かくして、世の中は四季隊と倒幕派による画術戦が勃発するようになった。

第一章 ―― ひさかたの

Fugaku Hyakkei Graphiattle

息を切らして、京の町を駆け抜(ぬ)ける。

足を踏(ふ)み出す度に、四季隊の証である羽織が風に煽(あお)られてはためいた。

今、追いかけているのは人の背丈(せたけ)ほどもある鼠(ねずみ)の妖怪(ようかい)、キュウソだ。壁際(かべぎわ)に追(お)い詰(つ)めると、キュウソが振(ふ)り向(む)いた。口から歯を剝(む)き出して、こちらを睨(にら)んでいる。追いかけてきたものの、いざ対面すると身体(からだ)は強張り、冷(ひ)や汗(あせ)が背中を伝う。

すると、頭上から叱咤(しった)の声が飛んできた。

「探雪(たんせつ)！　突(つ)っ立っているだけじゃ、敵は倒(たお)せないぞ！」

その声に探雪が見上げれば、屋根の上に立つ人影(ひとかげ)が目に飛び込んだ。探雪にとって先輩(せんぱい)の絵士である久隅守景(くすみもりかげ)だ。

「しっかり。授業でやったことを思い出して」

今度は、反対側の屋根から柔(やわ)らかい声が届いた。同じく先輩である英一蝶(はなぶさいっちょう)が、見守るように微笑(ほほえ)みかけている。

「落第したくないでしょ？」

その言葉に探雪は今、四季隊に入るための修了試験の真っ最中だということを思い出す。守景と一蝶は、探雪にとって先輩であり、養成学校の講師でもあった。

他の同級生たちは試験課題のため、画術によって猫の獣を具現化し、キュウソの退治をしている。自分もこうしてはいられない。探雪は気を取り直して、目の前のキュウソと向き合った。

「題目、『狩猟天猫』」

探雪は、猫の獣を頭に思い浮かべながら唱える。すると、何もなかった空間に線が走り、獣の体を形作っていく。やがて、獣は肉体を持った。けれど、その風体は熊ともたぬきとも見える猫とは程遠い生き物だった。

「なんでだーっ！」

探雪が叫ぶと、屋根の上から先輩ふたりがくすくすと笑う声が聞こえてきた。

「出たよ、探雪の鳥獣滑稽画」

守景が肩を揺らしながら笑っている。

「もふもふしてて、可愛いじゃん。俺は好きだけど」

一蝶も楽しそうに目を細めていた。

探雪は恥ずかしさに奥歯を噛みしめた。

そうしている間にも、キュウソは現れた獣が猫ではないことに気づき、再び探雪をぎろりと睨みつける。ぞっとして、探雪は逃げるように来た道を引き返し、キュウソがそれを追いかけ回す。

気がつけば、今度は探雪が行き止まりに追い込まれていた。じりじりと迫るキュウソに、この状況から抜け出す方法はないかと脳みそを回転させる。

「題目、『豪火』」

そう唱えながら、探雪は手を前にかざす。それから瞬時に、強烈な炎を思い浮かべた。貫くような火炎が手のひらから放たれ、キュウソを焼き尽くす。

「おお、自然系の術はやっぱり得意みたいだね」

上から見守っていた守景も感心したように言う。

画術は、動物を具現化する〝鳥獣系〟と、自然を再現する〝自然系〟のふたつの系統に大きく分かれている。鳥獣系の術が壊滅的に苦手な探雪も、自然系であれば少しは自信があった。

炎なら、きっとキュウソにも効くはずだ。けれど、炎はキュウソの毛をちりぢりにしただけで、再び歯をむき出して怒りを露わにした。

「え、なんで……！　鼠って火に耐性ある⁉」

「試験用のキュウソだからね。課題である猫じゃないと倒せないよ」

守景から言われ、それもそうかと探雪は納得する。

キュウソは、容赦なく探雪に襲い掛かってくる。探雪は思わず後退ったが、足がもつれ尻もちをついた。

もうダメだ、落第だ。

キュウソの尖った歯が目の前で鈍く光ったそのとき。

鋭い爪がキュウソの体を引き裂いた。キュウソは白目を剝き、きゅううぅと弱々しい声を上げながら地面に倒れ込んだ。

猫の獣が軽やかに着地して、主のもとへと駆け戻っていく。そこにいたのは、同級生の土佐光起だった。

「はぁ……助かったよ。ありがとう」

探雪が素直にお礼を伝えると、光起は冷めた視線を向ける。

「……別に助けたわけじゃない。点数、稼ぎたかっただけ」

吐き捨てるように言われ、探雪は神経を逆撫でされる。

嫌なやつ……！

内心毒づいていると、笛の音が町に響き渡った。試験終了の合図だ。どうやら、今のキュウソが最後の標的だったらしい。

探雪は落第を覚悟しながら、重い足取りで学校へと戻ったのだった。

◆◇◆

　試験の合否は、ひとりひとり富嶽館の教室に呼び出され、講師の口から直々に伝えられる。富嶽館というのは、四季隊に入る絵士を養成する学校のことだ。

　探雪はすっかり通い慣れた教室で、いつ落第の二文字が下されるのかと縮こまっていた。目の前には、覚えの悪い探雪に根気強く画術を教えてくれた守景と一蝶がいる。

「狩野探雪、一番隊への入隊を命ずる」

　手元の成績表から目を上げて、守景が告げた。

「へ？　入隊、ですか？」

　探雪は自分でも驚くくらい、間の抜けた声で返した。

「ああ、合格だよ」

「本当ですか!?」

　探雪は途端に元気を取り戻し、目を輝かせる。けれど、すぐに怪訝そうに眉を寄せた。

「あの、どうして合格なんですか？　僕、きっと学年で最下位ですよね？　てっきり落第だとばっかり……」

「それは、なんて言うのかな……」

言い淀む守景の代わりに、一蝶が答える。

「ほら、四季隊って常に人手不足だし」

探雪は思わず、がっくりした。

倒幕派は年々勢力を広げている。当初は京の町を中心に反乱を起こしていた彼らは、今や東西各地で騒ぎを巻き起こしているという。それに対抗しようとすれば、どうしたって人員が必要になる。猫の手も借りたいくらいなのだろう。

肩を落とす探雪に、守景が言葉をかける。

「確かに探雪は鳥獣系の術は苦手だけど、自然系で得意な分野もあるし……今後の伸びしろに期待ってところかな！」

励ますように言い始めた守景も、やや強引に締めくくった。

要は数合わせの補欠合格みたいなものだ。不出来な自分が悪いのだけれど、情けなさと悔しさが胸に押し寄せる。

探雪が目を伏せたままでいると、守景が優しく声をかけた。

「探雪。大事なのは、四季隊に入った後だよ」

その言葉に、探雪は顔を上げた。

「入隊、おめでとう」

そう言って、守景は額当てを差し出した。〝四季〟の文字があしらわれた布地の額当ては、羽織と合わせて四季隊の証であり象徴でもある。羽織は、養成学校時代から配給されているが、額当ては修了試験を合格した者にのみ渡される。

この額当てを受け取れば、正真正銘、誰が何と言おうと四季隊の一員だ。探雪は、ずっと憧れていた入隊を前に息を詰めた。

四季隊に入ってからが大事、その通りだ。今は実力が足りなくても、すぐに追いつけばいい。探雪はそう心に決めて、額当てを受け取った。

「ありがとうございます。きっと、立派な隊員になってみせます！」

胸を張る探雪に、守景と一蝶も励ますように頷き返す。

一度、前を向いてしまえば、四季隊の一員になれたことへの嬉しさがこみ上げてきた。自然とやる気も戻ってくる。

「一番隊に入隊ってことは、守景さんと一蝶さんの下につけるんですね」

四季隊は、一番隊から四番隊までの四つの小隊に分かれている。守景は一番隊の組長であり、一蝶は副組長だ。

「そうなるね。まあ、活動自体は組んだ相手と一緒に行うことが多いけど」

言われて、探雪はハッとする。落第かどうかに頭がいっぱいで、組分けのことをすっかり忘れていた。

四季隊に入隊した者は、二人一組で行動することになっている。守景と一蝶も相棒同士だ。そして組分けは、隊員たちの成績や相性を見て、先輩（せんぱい）たちが決めることになっている。

誰と組むことになるんだろう。楽しみな気持ちと緊張（きんちょう）の両方で、鼓動（こどう）が速くなる。

探雪が尋（たず）ねるより先に、一蝶が口を開いた。

「呼んであるから、そろそろ来る頃（ころ）じゃない？　最初に合格を伝えたから、退屈（たいくつ）してどっか行ってないといいんだけど」

その言葉に、嫌な予感がした。例年、一番に合格を言い渡されるのは、首席で合格をした者だという噂（うわさ）があるからだ。

そのとき、教室の外から入室を告げる声がした。

「失礼します」

「どうぞ」

守景が答えると、戸が開く。

教室に入って来たのは、探雪が予想した通り光起だった。先ほどの試験での一幕を思い出し、無意識に探雪は苦いものを口に放り込まれたような顔になる。そして、光起もまた探雪の顔を見た途端、同じような表情になった。

「断る」

組分けの命を聞くなり、光起ははっきりとそう口にした。

「どうして、俺がこいつと組まなくちゃいけないんですか」

光起は切れ長の目をさらに尖らせ、探雪をちらりと見る。

「理由がわかりません。首席の俺の相手が、万年劣等生の狩野探雪になる理由が」

「悪かったね、万年劣等生で」

好き勝手言われ、探雪は不機嫌な声で返した。

確かに成績で言えば、光起は非の打ちどころがないくらい優秀だ。本来なら、一緒に組めることを有難いと思うべきかもしれない。なんなら探雪は、万が一入隊することができたら、どんな相手とでも快く組もうと考えていた。それなのに、だ。

光起の明け透けな言い草に、だんだんと腹が立ってきた。思わず、探雪も負けじと言い返す。

「でも、その劣等生に風景画演武の科目で負けたの誰だっけ？」

「たった一科目、勝っただけじゃねえか。実戦で足を引っ張ることが目に見えてる。さっきだって、鼠一匹倒せなかっただろ」

「あれは、たまたま火炎が通じなかっただけだし。試験用のキュウソじゃなかったら倒せてた」

「課題は、『猫の獣を具現化してキュウソを倒す』だっただろ。課題っていうのは実戦で言ったら上からの命令だ。課題通りにできないってことは、実戦で命令通りに動けないってことじゃないのか？」

「それは……」

腹は立つが正論なので、返す言葉が見つからない。

仕方なく探雪は議論を放棄した。

「そんなに嫌なら別の相手と組んだら？　僕だって光起と組みたいわけじゃないし」

「だから、そうするって言ってるだろ」

そのとき、言い合うふたりの間を取り持つように、守景が割って入った。

「まあ、まあ。組分けはもう決定したことだし。っていうか、ふたりとも断る権利なんてないから」

探雪も光起も、ぐっと押し黙る。

すると、傍らで静観していた一蝶も口を挟んだ。

「光起、優秀だけど、組みたがる子いないよ」

「一蝶、それ以上はダメ」

すかさず守景が止めるが、さすがの光起もこれには返す言葉がないらしい。

光起は優秀だが、優秀さゆえに周りから敬遠されている。さらに、光起の鼻持ちならない態度が周りとの距離を広げていた。そして、そのことは光起も自覚している。

「つまり俺たちは余りものってことですか」

ため息をつきながら、光起が言う。

「勝手に一緒にしないでくれる？」

「は？　どう考えても、お前の方が余りものだろ」

ふたりがまた顔を突き合わせたところで、守景がパンッと手を叩いた。

「そこまで！　もう言い合いはなし。さっきも言った通り、組分けは決まったことだから。お前たちが何と言おうと覆らない」

探雪も光起も、その事実をなんとか呑み込もうと小さく唸る。

「それに、一緒にやってみたら案外うまくいくかもしれないし。ね？」

後押しするような守景の言葉も、今のふたりには響かない。探雪も光起も、渋い顔をしたままだった。

それでも、組分けはもう決まってしまったのだ。

諦めて、荷造りのためにふたりは寮に戻ることにした。

◆◇◆

卒業後、絵士となった者は学生寮から四季隊寮に移ることになっている。

しかも、最悪なことに相棒との相部屋だ。

新しい部屋を覗いてみると、床張りの一室は広く、大きな窓があって開放的だった。窓側と通路側にそれぞれ寝台となる畳があり、上に布団が置いてある。簡素だが、暮らし心地は悪くなさそうだ。隣に立つ者とこれからずっと一緒に過ごすことを考えなければ。

「俺、こっち」

新しい部屋に入るなり、光起はすたすたと奥の窓際へと進む。

「あ、勝手に決めるなよ。僕だって窓際の方がいい」

探雪がすかさず抗議するが、光起は取り合わない。

「俺より成績悪いくせに、窓際使いたがるな」

「にゃにおう……！」

探雪はぎりぎりと奥歯を噛みしめた。ここで引いたら、ずっと舐められたままだ。探雪は、ある提案を持ちかけることにした。

「それなら、鳥獣戯画じゃんけんで決めよう」

「へえ、俺に画術で対抗しようってのか」

光起が軽くあしらう。

鳥獣戯画じゃんけんとは、兎、蛙、鹿の三手のいずれかを掛け声とともに具現化して出し合い、勝負を決めるものだ。養成学校時代には、生徒たちが練習と遊びを兼ねてよくやっていた。画術と言っても、確率的な勝敗の決め方なので、自分にも勝ち目はあるはずだと探雪は踏んだ。

「いいけど、やり直しなしの一発勝負だからな」

光起が受けて立つ。

「わかってる……」

探雪も真剣な面持ちで向かい合った。

「じゃんけん……！」

掛け声とともに、お互いに思い描いた動物を画術で具現化する。

光起の傍らには、艶やかな毛並みの立派な鹿が現れた。

「俺は、鹿。それでお前は……」

見れば、探雪の隣には蛙の模様と座り方をした兎のような生き物がいた。

「それ、どっちだ……？」

「…………さあ」

結局、力量の差を示しただけで、探雪は窓際を光起に譲ることになった。

仕方なく探雪は通路側の布団の傍に座り込み、荷ほどきを始める。

「懐かしいもの、持ってるな」

さして荷物もなく畳の上に身を投げた光起は、探雪が整理している画材に目を向けている。人と関わることをあまり求めない印象だったから、探雪は少しだけ驚きながら答えた。

「うん、やっぱり今でも実際に紙に描くことが好きだから。四季隊に入れなかったら捨てなくちゃいけないって、覚悟してたんだけど」

　前代の将軍から始まった絵の規制は、今もなお続いている。最初は名のある絵師の絵など、一部を対象に緩やかに始まった規制は徐々にその範囲を広げ、厳しさを増した。そのため、一般人には絵を描くことはもちろん、画材の所有すら認められていない。四季隊に所属する絵士にのみ、一部所有が認められており、いわば特権になりつつある。画術の能力向上という名目で四季隊が幕府に交渉した結果、許されるようになったものだった。

「へえ、絵が楽しいなんて気持ち、俺はもうないけどな」

　光起に冷たく言い放たれ、探雪は言葉を失う。もしかしたら、絵を通してなら分かり合えるかもしれないという淡い期待は、あっさり打ち砕かれた。

　光起は鼻をならして、続ける。

「四季隊に入って、これから倒幕派と戦わなくちゃいけないってのに、呑気で羨ましいよ」

「絵が好きなだけで、呑気って決めつけないでよ。僕だけじゃなくて四季隊の隊員は、絵が好きな人がほとんどでしょ。みんな本当は、絵が当たり前に描ける世界が戻ってくればいいって思っているはずだよ」

四季隊の名目は、倒幕派から将軍を守ることと治安維持にある。

結成した当初は、もともと幕府の御用絵師であった狩野派の絵師が集められた。その後、他の流派の元絵師やどこの派閥にも属さない絵師たちがだんだんと加入し始めた。同じ名目のもと集まった絵士たちにも、それぞれの事情や願いがある。養成学校にいる間にも、それを感じる機会は幾度とあった。そして皆に共通しているのは、絵に対する想いだった。

絵がある世界を取り戻したい。他の隊員もそう思っているはずだが、誰よりもそれを強く望んでいる自覚が探雪にはあった。

すると、光起が冷めた表情のまま口を開く。

「絵を描く自由を取り戻したいなら、倒幕派についた方がいいと思うけど」

思ってもみない言葉に、探雪は目を瞬いた。

光起は、探雪の答えを先回りするように続ける。

「まぁ、どうせ人を傷つけるようなやり方はしたくないとか言うんだろ、優等生」

本物の優等生が言うのだから、皮肉が効いている。

「そうだよ。倒幕派が現れてから、いろんな場所で乱闘が起きている。そのせいで無関係な人が巻き添えになっているし、町も荒んだ。誰かを傷つける手段を使ったら、それこそ絵のある世界は戻ってこない」

「けど、四季隊にいたところで、戻ってくるわけでもないだろ。このまま幕府の犬に成り下がっていたら、一生無理だろうな」

「幕府の犬って……そんなこと、人に聞かれないようにしなよ」

窘めるように言うが、光起は取り合わない。

「聞かれたって、どうってことないさ。俺たち絵士がいなけりゃ、倒幕派に対抗する術なんてないんだから。絵師たちの自由を奪っておいて、今度は倒幕派から守ってもらうために、その絵師たちを利用して戦わせているんだ。虫が良過ぎる話だと思わないか?」

雑な物言いではあるけれど、核心をついているだけに探雪は思わず口を閉ざした。

幕府は今、絵画を取り締まる統制官という機関と、絵による力を戦う術とする四季隊という相反する二つの組織を内包している。

「……僕だって、矛盾しているとは思ってるよ。それでも僕は、どんな形であっても絵に関わっていたい。町の人だって、四季隊のことを必要としてくれている。絵を通して誰かの役に立てるなら、それは嬉しいことでしょ」

「ふうん……」

光起は、興味があるのかないのかわからない返事をしながら、探雪のことをまじまじと見つめる。

「そういう光起は、どうして四季隊に入ったの?」

「俺？　俺はもっと個人的な理由だよ」

光起の目に、真剣な色合いが滲む。

「個人的な理由？」

「……どうしても見返さないといけないやつがいる」

「何それ。誰のこと？」

「教えるわけないだろ」

「なんだよ、そこまで言っておいて」

「お前みたいな大義名分じゃなくて、悪かったな」

喋り過ぎたと思ったのか、光起は背を向けるようにごろんと寝返りを打つ。

「別に、悪いなんて思ってない。それに僕にもあるんだ、個人的な理由……」

そう言いながら、探雪は八年ほど前の優しい手のひらを思い出す。そして、家を出ていく広い背中を。

「……探しているんだ」

探雪がそう呟くと、光起が顔だけで振り返る。

「へえ、それって誰？」

「教えるわけないだろ」

仕返しとばかりに探雪が返す。

「あっそ」

光起は再び顔を背けて、さっさと話を打ち切った。

◆◇◆

翌日、探雪と光起は、四季隊としての初出動の日を迎えた。

四季隊の証である羽織に身を包み、真新しい額当てを付けて、町の警備へと出掛けた。

長らく政務の中心は江戸となっていたが、将軍の上洛を機にこの土地が拠点となりつつある。それに伴って城下町の拡充が行われ、新たな町人町も生まれた。町を歩けば、瓦屋根に格子の付いた中二階の町屋が両側に並んでいる。

四季隊の活動は、倒幕派の動きがない間は警戒活動が中心だ。守景や一蝶と一緒に町を回りながら、通常業務について教えてもらう。

「町の見回りは警戒だけじゃなくて、ここで暮らしている人たちの手助けも含まれている。困っている人がいたら、積極的に声をかけてあげること」

守景は先頭に立ち、警備の道順から有事の際の対応まで丁寧に伝えていく。

空は雲ひとつない晴天で、眩しいくらいの日差しが照りつけている。ひと通りの説明が終わる頃には、額にじんわりと汗が滲んでいた。

「それにしても、今日暑いね」

探雪が言うと、隣を歩く光起も襟元をぱたぱたと煽ぎながら頷く。

「そうだな。ここのところ、雨も降ってないし」

町の人々を苦しめているのは、倒幕派の動きや幕府による規制だけではない。

ここ数年、断続的に起こっている異常気象によって作物が思うように取れない時期もある。目に見えなくても、町にはなんとなく疲弊感が漂っていた。

毎年、町の傍を流れる川沿いに桜が咲いていたが、今年はそれも見られないままだった。

気休めにしかならなくても、桜を見れば少しは心も救われただろう。多くの人たちが開花を心待ちにしていたはずだが、それも叶わなかった。

「一蝶さん、あんなの連れて暑くねえのかな」

光起に言われて、探雪は前方を見た。先を行く一蝶の傍には、画術によって具現化した唐獅子が寄り添うように歩いている。腕のある絵士の中には、恩獣という特定の獣を連れている者がいる。

一蝶は、隣を歩く唐獅子の視線に気がつくと、微笑みながらその頭を撫でた。

「毛並みがすごいけど、一蝶さんは涼しい顔しているね」

「信じられねえ。見てるだけでこっちが暑い。顔もなんかいかついし」

「そう？　もふもふで可愛いじゃん。いいなぁ、僕も恩獣と一緒に行動したいな」

言いながら、憧れの眼差しで見つめる。すると、探雪の視線を感じたのか、唐獅子が振り向いて「わう！」と鳴いた。大きな声ではなかったものの、探雪の肩が小さく跳ね、足が止まる。

「唐子。おいで」

一蝶が優しく呼ぶと、唐獅子は再び主のもとに戻っていく。どうやら、唐獅子は唐子という名前らしい。

探雪も再び歩き出すが、光起が訝しげな目を向けた。

「お前、もしかして……動物、苦手なんじゃないのか？　可愛いとか言ってたけど」

「そんなことないよ。動物は好きだし。吠えられて、ちょっとびっくりしただけで……たぶん子どものとき、犬に手を嚙まれたからだと思う」

「は？　たぶんってなんだよ」

「小さかったから、よく覚えてないんだ」

「よく覚えてないくせに、恐がってんのか。それでよく恩獣を連れて歩きたいとか言うよな」

「だって、憧れるじゃん」

「恩獣を連れてるのって、中級以上の絵士だけどな」

「わかってるよ。僕には、ほど遠い未来だってことくらい。獣を具現化するだけでも難しいのに、先輩たちってやっぱりすごいよね」

「上の階級の絵士は、術を使うときに手を使わないしな。題目すら唱えない人もいるし」

珍しく、光起が同意する。自分より優れた絵士が大勢いることは、優秀な光起であっても認めているようだ。

絵士たちが術を使うときには、最初に題目を唱える。発動のきっかけとなるもので、絵で言えば作品の題名のようなものだ。それから頭で思い描いたものを具現化するのだが、それを操るときには想像の力だけでは足りず手を使うことが多い。術は単純なものほど生み出すのも操るのも簡単だが、頭で思い描くだけでそれを成すには、相応の鍛錬が必要になる。そして、それをやってのける強者が世の中にはたくさんいるのだ。道のりは果てしないなと、探雪は息をつく。

ふと、前を歩いていた守景と一蝶が足を止めて、壁際に身体を寄せた。どうやら、その通りを曲がった先を窺っているようだ。探雪と光起は目で合図して、先輩ふたりと同じように壁に寄った。

「何かあったんですか?」

探雪が小声で尋ねると、守景が苦々しい表情で振り返る。

「〝絵画狩〟だよ」

その言葉にハッとして、探雪は壁からわずかに顔を出した。

〝絵画狩〟とは幕府直属の統制官に仕える統制士たちが、その権限を使って民衆から絵画を取り上げることを意味している。見れば、まさに統制士たちが小さい女の子から一枚の絵を取り上げているところだった。

統制士の陰になってよく見えないが、女の子には見覚えがあった。おそらく茶屋の娘の椿だろう。絵を取り戻そうと、必死に手を伸ばしている。

周りの大人たちは下手に介入することもできず、立ち尽くしているようだ。

そして、絵を手にしている統制士にも心当たりがある。統制官の副長官、猪名川だ。勝手気ままに権限を振るうので、四季隊の中でも悪い意味でよく名前が挙がる。そのせいで、いつの間にか名前を覚えてしまっていた。

「絵、返して……」

椿はついに泣き出してしまったようだ。声を震わせて、涙を拭っているのが見える。

反射的に動き出そうとした探雪に、光起が腕を摑んで止めた。

「お前、何してんだ」

「止めなきゃ」

「はあ?」

「あの子の絵、取り返さないと」

探雪がそう告げると、光起は眉をひそめた。

「阿保か、お前は。幕府の人間であるお前が、幕府の人間に喧嘩売ってどうするんだよ」

「そんなの知らない」

「お前なぁ、ここまで話が通じない阿保だとは思わなかったわ」

光起は呆れているようだった。

おかしなことを言っているのは、探雪もわかっていた。それでも、全身を駆け巡る衝動を抑えられそうにない。

そのやり取りを見ていた守景が声をかける。

「探雪の気持ちはわかるけど、俺たちが手を出すことじゃない」

守景にも窘められてしまい、探雪はもどかしさに唇を噛みしめる。

すると、成り行きを見守っていた一蝶がおもむろに口を開いた。

「え、守景、女の子のこと放っておくの？」

これには、守景も驚いて目を瞬く。

「いや、だって相手は統制官だよ？」

「そうなんだ。守景、見捨てるんだ……」

傷ついたような顔を見せる一蝶に、守景の心がぐらりと揺らぐ。

「……一蝶、そんな顔しないでよ」

「でも、困ってる人、放っておくんでしょ？　そんな守景………嫌い」

「うっ……！」

とどめのひと言に、守景は胸を押さえる。

「わかったよ！　助けるから！」

観念して、半ば叫ぶように守景が言う。今度は、光起が信じられないというように目を見開いた。

「いや、どうして、そうなるんですか！」

「さすが、守景。そうこなくっちゃ」

　対して、一蝶は機嫌を取り戻したらしい。

「規制の邪魔なんてしたら、後で面倒なことになりますよ」

「なら、バレなければいいんでしょ」

　光起に一蝶がひらりと返したそのとき、ひと際大きな声で泣き叫ぶ椿の声が響いた。慌てて見れば、猪名川の傍に控えていた統制士が刀を抜こうとしている。

「見せしめだ」

　猪名川から告げられた言葉に、その場が凍りつく。

　探雪は、誰にも止める間を与えずに駆け出した。

　統制士が刀を高く振り上げる。

　奥歯を噛みしめ、地面を強く蹴りあげた。きっと、後ろの三人が手を貸してくれる。そう信じて、探雪は猪名川の手にある絵だけを目指し、ひた走った。

「題目『辻風(つじかぜ)』」

背後から、一蝶が題目を呟(つぶや)く声が聞こえた。

次の瞬間(しゅんかん)、探雪を追い抜くように、つむじ風が現れた。小さな渦(うず)を起こしながら、器用に探雪や椿を避(よ)けて統制士だけを襲(おそ)い、目くらましになる。これで、顔を見られる心配はない。

「題目『雷雲(らいうん)』」

次いで、守景も唱える。

統制士の頭上に小さな灰色の雲が現れ、その手に雷を落とす。痺(しび)れが走ったのか、統制士の手から刀が滑(すべ)り落(お)ちた。

その隙(すき)に、探雪は猪名川の手から絵を奪(うば)い、路地へと逃(に)げ込んだ。

角を曲がったところで、ようやく視界が戻ったらしい統制士たちの声が聞こえてきた。

「絵が盗(ぬす)まれた！　盗んだやつを探せ！」

取り返した絵を手に、いくつか路地を曲がる。けれど、統制士の声が近づき、すぐそこまで迫(せま)っているのを感じた。

「探雪、こっちだ！」

声に振り向けば、光起が手招きしている。呼ばれるままに、光起がいる細い道に駆け込(こ)

む。同時に、光起が壁を具現化して道を塞いだ。息をひそめていると、壁の向こうから統制士たちの声が聞こえてくる。

「どこに行った。確かにこっちに逃げたはずだ。向こうも探せ!」

統制士たちの足音が遠ざかっていくのがわかり、探雪はほっと胸を撫で下ろす。

「ったく、無茶してんじゃねえよ」

呆れたように言う光起に、探雪はただ苦笑を返したのだった。

守景や一蝶と合流し、統制士の目がなくなったところで、町の老舗茶屋である松永堂を訪ねた。

まだ準備中だったようで、店には椿の父親であり店主の松永しかいなかった。

「娘を助けていただいて、ありがとうございました」

事情を聞くなり、松永は丁寧に頭を下げた。

探雪は、たまにこの茶屋に足を運んでおり、松永とは顔見知りだ。それだけに、松永の丁重さに探雪は少し慌てた。

「いえ、僕が勝手にやったことですから」

その隣で、守景が付け足すように言う。

「ただ、俺たちは一応幕府に関わる者ですから、くれぐれも内密にお願いします」

「ええ、わかっています」

松永も要領を得ているようだった。

それから、探雪は懐に隠しておいた絵を取り出した。背の低い椿と目線を合わせるようにしゃがむと、取り戻した絵を渡す。

「探雪お兄ちゃん、ありがとう」

絵を受け取りながら、椿は花が綻ぶように笑う。

「ううん。それに僕だけじゃないよ。他のみんなも手伝ってくれたんだ」

探雪が守景たちを振り返ると、椿も三人に笑顔を向ける。

「しきたいのお兄さんたちも、ありがとう」

守景が少し腰をかがめ、代表して「どういたしまして」と答えた。

探雪はしゃがんだまま、椿の絵を覗き込む。

「上手に描けてるね。お店の絵かな？」

探雪が尋ねると、椿は大きく頷き返す。

「うん、これがお父さん！」

椿は絵の中を指さしながら答える。

椿の絵は、薄い紙に筆を使って墨で描かれていた。寺子屋でこっそり描いたのだろうか、線は乱れているし、ところどころ失敗らしき汚れがある。それでも、頑張って描いている姿が頭に浮かぶようで、探雪は本心から素敵な絵だと思った。

「でも、さっきの人たちに絶対に見つからないようにしないとダメだよ。約束できる？」

優しく伝えてみるが、椿はなぜか少し困ったような顔になる。

「うーん、わかった……約束みたいだよ、お父さん」

そう言って、椿は松永を振り返る。それから、持っていた絵を差し出した。

「そうぎょう百年、おめでとう。すごいことなんでしょ？　お客さんが言ってた」

「この絵、お父さんにくれるつもりだったのか」

松永は、目を瞬いた。

「うん！　だって、お父さん絵が好きでしょ？」

「まったく、どこで知ったんだか……」

松永は困ったように眉を寄せるが、嬉しそうだった。受け取った絵を愛しそうに眺めている。

「用も済んだし、お暇しようか」

守景の言葉に、他の面々も頷きかけたそのとき。

「お待ちください。お礼にお茶でも飲んでいってくれませんか」

引き止めるように松永が声をかけた。

「いえ、せっかくですが、俺たちがここにいると、統制士に目をつけられるかもしれませんので」

守景が断ると、松永はやけに残念そうにする。

「そうですか……では、町の茶屋からひとつ〝お節介〟を言わせてください」

何か意味を含むような言い方だった。

「近頃、四条堀川の辺りが騒がしいようです。なんでも亡霊が出るという噂が」

「亡霊……？」

聞き返した守景に、松永は神妙な面持ちで続ける。

「ええ。源 義経の亡霊だとも、大多春永の亡霊だとも言われているようです」

「……それなら、亡霊の正体は同じでしょうね」

守景が何か思い当たるものがあるように返す。松永は意図が伝わったことに安堵したように、微かに表情を和らげた。

「こんなご時世ですから、どうぞお気をつけください」

「ご忠告、ありがとうございます」

守景はそう言って、今度こそ出口に向かう。

松永は、店を後にする探雪たちに深々と頭を下げて見送った。

松永堂を出て、四季隊の本部へと帰る道を歩き始める。

探雪は、松永の話を思い出しながら首を捻った。

「あの、さっき松永さんが言っていたことって……」

しかし、その言葉は、後ろから聞こえてきた「探雪！」と呼ぶ大きな声によって遮られた。振り返れば、探雪の父である探幽がずんずんと向かってくる。歩いているだけでなぜか迫力がある姿に、探雪はつい肩を縮めた。

「お前というやつは……さっそく無茶をしたらしいな！」

目の前まで来ると、探幽が探雪の頭を小突く。

「痛……っ！」

「聞いたぞ。統制官を相手に暴れたらしいじゃないか」

探幽は声の大きさは抑えたものの、迫力はそのままだ。

先ほどの一件をもう父が知っていることに探雪は驚いた。

すると、さっきまで探幽と話していたらしき八百屋の宗助が慌てて追いかけてきた。

「もう、宗助さんでしょ。父さんに話したの」

探雪に言われ、宗助は申し訳なさそうに苦笑する。

「ごめん、ごめん。俺は、探雪くんが活躍してたって話そうとしただけなんだけど……」

探雪は、探幽に視線を戻す。

「別に暴れたわけじゃないよ」

「そう思ってるのはお前だけだ。だいたい、お前はいつも後先考えずにだな……」

説教を始めようとする探幽を、すかさず宗助が止める。

「まあまあ、探幽さん。探雪くんも人助けでやったことですし」

それから周りに聞かれないよう、声をひそめて続けた。

「統制士も子ども相手にやり過ぎだったし、止めてなかったら椿ちゃんだってどうなってたか……だから正直、見ていてスカッとしたよ」

そこまで言われてしまい、探幽も徐々に怒りを鎮めたようだ。

「まあ、俺が言いたいのは、四季隊の一員である自覚を持てということだ」

「わかってるよ……」

けれど、探幽はまだ何か言いたそうにしていた。宗助は間に入るように、背負っていた籠から大根を二本取り出し、探雪と探幽に一本ずつ差し出した。

「そうだ。これ、四季隊入隊のお祝い！」

「いいんですか、ありがとうございます」

探雪は素直に受け取るが、探幽は遠慮しているようだ。

「俺の分はいい」

「お祝いなんだから、持って行ってくれよ。探幽さんだって、探雪くんが四季隊に入って喜んでたじゃないか」

探幽は少し気恥ずかしそうにしながらも、小さく頷いた。無意識に宗助に近い右手を伸ばそうとする。けれど、腕を途中まで上げたところで右手を下げ、それから左手で受け取り直した。

それを見て、探雪は胸が軋んだ。探幽は、探雪が幼い頃に利き手を怪我したことで、腕が思うように上がらない。今でも、とっさに利き手で物を取ろうとすることがある。規制が始まったから、絵を続けるかどうかを選ぶ余地もなかったのかもしれない。何度かそれとなく話を聞こうとしたことはあるが、腕のことで困っていることはないと言って、それ以上のことは話そうとしてくれなかった。

まだ絵を描く自由が残っている世界だったら、父はどんな選択をしていたのだろう。

探幽のこういった姿を見かける度に、探雪はもどかしくなるのだった。

「ありがとう、大切に頂くよ」

探幽が大根を受け取ると、宗助は自分の仕事へと戻っていった。

探幽も、もう説教するつもりはないらしい。

「探雪、たまには家にも顔を出すんだぞ」

　それだけ言い残して、探幽も去っていった。

　その背中を見送ってから、探雪たちはまた歩き始めた。

「まさか、こんなに早く父さんの耳に入ると思わなかった……」

　探雪は、げっそりしながら息をつく。けれど、ああやって説教をするのも、気に掛けてくれているからこそだろう。出動初日だというのに、心配をかけたに違いない。

「まあ、目くらましをしたのは、統制士だけだったからね」

　一蝶が振り返りながら言う。

　すると、隣を歩いていた光起がやや不機嫌そうに続ける。

「規制の邪魔をしたの、俺たちだってバレてるだろうな。見ていた誰かが告げ口していてもおかしくない」

「それはないって信じたいけど……」

　探雪は、町の人たちの顔を思い出しながら返す。

「だから、お前は甘いんだよ。町の人と顔見知りで、そう思いたくないのはわかるけど……全員が全員、四季隊をよく思ってるわけじゃないんだからな」

　反論しかけたものの、光起の言うことが正しいのだろうと探雪は思った。

　絵の規制に反対している人々の中には、幕府に従属する四季隊まで嫌悪する者がいる。逆に絵の規制に賛同している人の中にも、四季隊を快く思っていない人はいるだろう。規制を支持する人ならば、その邪魔をした者について情報を流すことはあり得る。

先を歩いていた守景も、付け足すように口を開いた。

「告げ口とはいかなくても、統制官から詰め寄られたら、情報を渡しちゃう人もいるかもしれないしね」

光起が、さらにそれに続く。

「だから俺たちは、四季隊の活動だけをしていればいいんだよ。言っただろ、面倒なことになるって」

探雪は返す言葉もなく、押し黙った。今更ながら、なんだかとんでもないことをしてしまった気がしてきた。

すると、探雪の代わりに、守景が沈黙を埋める。

「まあ、でもいい情報が入ったのは探雪のおかげだし」

「そうそう、結果的によかったんじゃない？」

一蝶も同意するように頷く。

守景も一蝶も、探雪ほど大して気にしていないようだ。

「え、情報って……」

首を傾げる探雪に、光起が訝しげな眼差しを向ける。

「まさか、お前わかってなかったのか？」

そのとき、背後に人が近づく気配がした。

いつの間にか城の近くまで来ており、四季隊の本部もすぐそこというところだった。

「一番隊、四名」

はっきりとした堅苦しい口調に、小さく肩が跳ねる。嫌な予感がして振り向けば、後ろに立っていたのは統制官の役人たちだった。

「聞きたいことがある。何の件か、わかっているな？」

ほらな、と言うように光起が肩を竦めながら、ちらっと探雪を見た。

◆◇◆

それからほどなくして、探雪は障子にへばりつき、部屋の中に聞き耳を立てていた。その隣で光起は、障子に背を向けてあぐらをかいている。

今、ふたりがいるのは本丸の廊下だ。目の前の部屋では、守景と一蝶、そして統制官の役人たちが話している最中だった。

先ほど統制士から呼び出しを受けた際に、守景と一蝶は規制の邪魔をしたのは自分たちふたりだと名乗り出た。探雪と光起は関係ないと訴えたことで、ふたりは呼び出しを免れていた。

けれど、守景と一蝶の処遇が気になり、こうしてこっそり聞き耳を立てているというわけだ。

「なあ、戻らないか?」

光起がため息混じりに言う。

「でも、守景さんと一蝶さんだけ処罰になったりしたら嫌じゃん」

「そうだけどさ……守景さんたちにも何か考えがあるみたいだったし、放っておいても問題ないと思うけど」

確かに、役人たちに連れて行かれる前に、守景は『俺たちも話があるんだ』と探雪たちに耳打ちした。光起の言う通りなのかもしれない。それでも、ただぼうっと待ってるだけでいるのも嫌だった。

光起もひとりで帰ったりしないあたり、後ろめたさがあるのかもしれない。それにしても、光起の顔がいつになく強張っている気がする。何かこの場にいたくない強い理由があるような。

「なあ、やっぱり本部に戻ろう」

光起がもう一度言うが、探雪は聞く耳を持たない。

「嫌だ。それにしても、聞きづらいな……」

探雪は思い切って、指で障子に穴を空けた。

「なっ、馬鹿！」

「大丈夫。どうせ話に夢中で誰も気づかないよ」

そう言いつつ、穴から部屋の中を覗く。すると、さっそく一蝶と目が合ってしまった。

しまった。そう思ったものの、一蝶は驚くでもなく声を上げるでもなく、薄く微笑みを浮かべる。その微笑みは、まるで今の状況を楽しんでいるような優雅ささえあった。

探雪は、このまま話に耳を澄ますことにした。穴のおかげで中の話も、さっきより聞き取りやすい。

統制官側は、ふたりで話を聞きにきているようだ。あの猪名川の隣に、もうひとり役人が座っている。その役人が、守景と一蝶に投げかけた。

「町での規制の最中に邪魔が入ったと報告を受けている」

黙っているだけでも威厳があるが、話し始めると鋭さが増す。

隣に現場にいた張本人である猪名川がいるのに、代表して話しているあたり、彼より上の立場なのだろう。ということは、統制長官だ。そういえば最近、長官が代わったという話があった。東の支部から戻ってきた人が新しく就いたらしいが、それがあの人なのだろうか。

統制長官が落ち着いたよく通る声で続ける。

「四季隊の仕業だというのが統制士側の言い分だが、弁明はあるか？」

「俺たちは、いつも通り見回りをしていただけです」

肯定も否定もせずに、守景がそう答える。

するると、猪名川が甲高い声を上げた。

「その場にいた町民からも目撃証言が出ているんだ！　今認めるなら、刑は軽くしてやる」

刑という言葉に、探雪は唇を噛みしめる。

何かできることはないかと考えを巡らせていると、光起がちらっと横目で見た。

「頼むから、部屋の中に飛び込んで止めようなんて考えるなよ」

「僕が考えてること、よくわかったね」

「わかるよ。お前くらいの単細胞だとな」

探雪の心配をよそに、守景はまるで動じずに答える。

「いや、刑は受けたくないですね。交換条件でどうにかなりませんか？」

「抜かすでない。そんな余地があると思うか」

猪名川がぴしゃりと撥ねのける。

それに対して、守景はわざと間延びした声で返した。

「でも、いいんですか？　ついさっき、聞いちゃったんですよね」

それから、守景は声を低くした。

「……倒幕派に関わる重大な情報」

束の間、部屋に沈黙が落ちる。

それから、猪名川が焦れったそうに口を開いた。

「聞かせろ」

「さっき言ったでしょう、交換条件ですと。情報と引き換えに、刑は全面的に免除。これを呑めないなら、何ひとつ話せることはありません」

毅然として返す守景に、猪名川は悔しさを滲ませる。

「……なんと生意気な。四季隊の隊長にも風紀に気をつけるよう、指導しておかないとな」

すると、一蝶が口元に手を当てた。

「ふあぁぁぁぁぁ」

盛大なあくびをかまし、一蝶が目を擦る。

「すみません、警備で疲れちゃって。話、長くなりそう？」

見ているこっちが冷や冷やするほどの無礼さだ。

猪名川はぎりぎりと歯を嚙みしめながら、怒りで顔を赤くしている。

そのとき、奥の間から凜とした声が届いた。

「いいではないか。条件を呑もう」

襖が開き現れたのは現将軍、徳山吉房だ。一瞬にしてその場に緊張が走り、全員が背筋を正した。

吉房は滑らかな所作で腰を下ろすと、守景と一蝶に視線を向ける。

「話を聞かせてくれるか」

「はい……四条堀川の辺りで、倒幕派の動きがあるようです」

守景が告げると、皆も真剣な面持ちになる。

部屋の外でそれを聞いた探雪は、思わず息を詰めた。けれど、隣にいた光起は、最初から知っていたかのように落ち着き払っている。そして、探雪を呆れたような目で見た。

「お前、やっぱり気づいてなかったんだな。茶屋の松永さんが密告してくれた情報」

「え、密告って……もしかして、あの亡霊の話？　何か伝えようとしているなとは思ったけど……」

「お前も絵師の端くれなら、思い浮かぶものくらいあるだろ。堀川に義経って言ったら……」

「そっか、『堀川夜討ノ図』」

思いついて言うと、光起も頷く。

『堀川夜討ノ図』は絵面だけを見れば、堀川で義経が夜討にあったところが描かれているように見える。しかし、本当に描かれているものは、本能寺の変だとされている。この絵が描かれた頃、天正年間以降の武将を描くことが禁止されていたことが背景にあるらしい。仕方なく、作者が禁止されている年間より前の時代の武将で、本能寺の変を表現したのだと言われている。そして、その作者は……。

「歌川国芳の一派のようです」

探雪が思い出すと同時に、守景がその名前を告げた。

「おそらく弟子の月岡芳年も一緒かと」

さらに続いて出てきた名前に、探雪も納得した。

松永が言っていた亡霊は、あとひとり、大多春永だ。月岡芳年もまた、本能寺の変を描いているが、織田信長として描くことを禁止されていたために、その名前をもじり、大多春永としたのだ。

源義経も大多春永も、織田信長を描いている。だから、茶屋で守景は、亡霊の正体は同じはずだと言ったのだろう。そして、どちらも本能寺の変、つまり謀反を描いている。

「じゃあ松永さんは、歌川国芳と月岡芳年による謀反が起きる、それを伝えようとしていたんだ……」

探雪が答え合わせをするように呟く。

「そういうこと」

隣で光起が神妙な顔で返す。

部屋の中にも、重々しい空気が流れていた。

「統制官側でも、歌川の家臣らしき人物を見かけたという報告が上がっています。最近、身をひそめていたようですが、また動き出すのであれば、こちらから先手を打つべきでは」

統制長官の進言に、吉房は頷きつつも表情は硬いままだ。

「そうだな。しかし、相手はあの歌川派か……」

規制が強化するにつれ生まれた倒幕派は、もともとはひとつの大きな組織だった。『末枯』という組織名は残しつつ、今ではいくつかの派閥に分かれている。その中でも過激派閥として知られているのが、歌川国芳を長とする歌川派だ。

吉房の心中を察するように、統制長官が話を進める。

「厄介ですね。今動き出したのも、果たして偶然なのか……あの者と、刻を同じくして戻ってくるとは」

それに対して、吉房も深く頷く。

「ああ、京に戻ってきているのだろう。あの狩野探信も……」

耳にした瞬間、探雪は世界のすべてが止まったように感じられた。

その名前を聞くのは、いつ振りだろう。両親さえも、まるで最初から存在しなかったかのように、いつからか口にしなくなった名前。

あの日、家を出て行った背中が頭を過る。

長年探し続け、四季隊に入った理由のひとつでもある、兄の名前だ。

「もし、探信が倒幕派と繋がるようなことがあれば……」

気がつくと、探雪は会話を遮るように障子をすぱんと開けていた。隣で光起が頭を抱えているのが見なくてもわかる。部屋の中では、一蝶を除くすべての人が啞然としていた。

「なっ、なっ、何をしている貴様ら！」

猪名川が、再び顔を赤くして声を張り上げる。

守景は額に手を当てて、静かに頭を垂れた。それを見て、吉房が穏やかな声で尋ねる。

「守景の隊の者か？」

「四季隊一番隊隊員の狩野探雪です」

探雪が告げると、吉房がわずかに目を見開いた。

「探雪……そうか、弟が入隊したとは聞いていたが、それが君か」

吉房は、どこか納得したように頷いた。

まもなくして、出るよりほかなくなった光起も探雪に並ぶように立つ。

「……四季隊一番隊隊員の土佐光起です」

すると、吉房がもう一度、驚きを浮かべる。

「土佐の姓ということは、もしや……」

吉房は、光起から傍に控えている統制長官に目を向けた。

「……私の息子です」

ふと、記憶の波が押し寄せ、探雪は目の前に座る統制長官の名前を思い出した。

土佐光則。

光起の父親が、新たに統制長官となった役人だったのだ。

光則は、息子をまっすぐに見据えている。その眼差しは冷ややかで、射貫くような鋭さがあった。

「家を出たとは聞いていたが、まさか四季隊に入隊していたとはな」

倒幕派について話していたときと声色を変えずに、光則が言う。

「別に俺の自由だろ」

「そうだな。ただ、恥じているのだ」

光起がぴくりと反応する。

「恥だと？」

「ああ。土佐家の恥だ」

「その言葉そのまま返してやるよ。土佐家に伝わってきた絵の志を、簡単に捨てたあんたの方がよっぽど恥だ」

「そういうお前は、絵の志をまだ持っているのか？」

「は？」

「大方、私に対する反抗心から四季隊に入ったのだろう」

「……どういう意味だよ」

　いつもは堂々としている光起の声が、わずかに震えている。

「自分の胸に手を当ててみたらどうだ。お前は、四季隊という看板を盾に、私に仕返しをしようとしている。違うか？」

　光起は何も言い返さず、顔を蒼くして唇を噛みしめていた。

「その甘ったれた姿勢こそ、恥だと言っているのだ。反抗期の延長線上で四季隊に腰を据えるのなら、絵なんてやめてしまえ」

　その瞬間、探雪は自分の中で何かがぷつんと切れた音がした気がした。

「撤回してください」

　そう口をついて出ていた。

「何？」

　凍えるような視線が、光起から探雪に移る。いつもなら、怯んだかもしれない。けれど、今は全身を血が駆け巡る感覚がして、気にならなかった。

「今言ったこと、撤回してください。絵をやめてしまえなんて、簡単に言わないでください」

「君はどういう立場で物を言っているんだ」

「あなたこそ、光起のことをどれくらい知っているんですか？　光起、優秀なんですよ。養成学校時代からずっと。それはもう他の生徒が引くくらい。でも、何も努力しないで優秀なわけじゃないんです。いつも授業が終わった後に、ひとりで遅くまで鍛錬していたの全員が知ってます。そういう姿をあなたは知っているんですか？」

探雪は淡々と捲し立てる。

けれど、光則は表情を変えずに短く答えた。

「知っていたら、何だという」

「知りもしないくせに言わないで欲しいと言ってるんです」

「もういい」

静かに遮るように、光起が呟いた。

「……もういい。その人に何言っても無駄だから」

光起は目を伏せたまま、諦めた顔でそう言った。

◆◇◆

その夜、それぞれの隊が集まり、会議が開かれた後だった。守景に呼ばれ、探雪は光起とともに、先輩ふたりの部屋を訪ねた。

守景に促され、探雪と光起は並んで座る。

「守景さんと一蝶さんの部屋、初めて来ました」

落ち着かない気分で、探雪が呟く。

守景と一蝶もふたりの前に腰を下ろした。

「うん。ちょっと大事な話があってね。その前に……」

守景はそう切り出して、探雪を見据えた。

「探雪、昼間の乱入の件、まさか忘れたわけじゃないよね？」

守景が笑顔のまま凄む。

「……うっ……すみませんでした」

「百歩譲って盗み聞きはいいけど、バレないようにしないと。それをあろうことか、自分から飛び込むようなことをして。どうせ、探信さんの名前を聞いて、何も考えずに飛び出したんだろうけど……」

図星なので、探雪は縮こまった。

「四季隊の羽織を着ている間は、ずっと任務中だと思うように。感情で動いたら、自分だけじゃなくて、他の人も危険にさらすことになるんだからね」

「そうですね。隊長にも言われてたことなのに……」

四季隊を取りまとめている隊長は、養成学校時代に大きな関わりはなかったものの、ときたま顔を出しては隊員としての心得などを教えてくれた人である。

「きっと、がっかりさせちゃいましたよね」

乱入の件は、隊長の耳にも入っているはずだ。せっかく入隊させてもらったのに、迷惑をかけてしまったと探雪は肩を落とした。

すると、守景の隣で唐子の頭を撫でていた一蝶が顔を上げる。

「ううん、隊長、笑ってたよ。威勢のいいやつだなぁって」

「一蝶、余計なこと言わなくていいの。今はお説教中なんだから」

場が締まらず、守景が気まずそうに言う。

遠い目をしてやり取りを聞いていた光起は、耐えかねたように口を開いた。

「……あの、部屋に戻ってもいいですか？　お説教なら、こいつだけでいいですよね？」

その言葉に、守景がすかさず返す。

「ダメ。自分には関係ないって顔しているけど、光起の問題でもあるんだからね」

「そんな……とばっちりじゃないですか」

「違うよ、これはふたりの問題だ。突っ走ったのは探雪だけど、それを止めるのはこれから光起の役目になるんだから。二人一組で動く、これが四季隊の基本だろ」

「…………はい」

こみ上げてくる不服を数秒かけて呑み込み、光起は返事をした。

「守景、お説教はその辺にしないと、本題を話す時間がなくなるよ」

一蝶に言われ、守景も我に返ったように頷く。

「そうだった……ふたりには、明日の任務について話しておかないといけないことがある」

「任務って、上様の護衛ですよね？」

探雪が確認するように返す。

明日、吉房は大名家の屋敷を訪ねる予定だ。その御成りには、四季隊が護衛につくことになっている。そして先ほどの集会で、一番隊から数名出すようにとの命があった。そこで決まったのが、今この場にいる四人だ。

「そう、表向きにはね。もちろん、護衛が第一だ。だけど、一緒に運ぶものがある」

守景が、真面目な顔つきで告げる。

光起も背筋を伸ばして、質問をぶつけた。

「さっきの集会で言わなかったってことは、かなり内密にってことですよね？　その運ぶものって何なんですか？」

「歌川国芳の絵だよ。〝相馬の古内裏〟」

その作品名と共に、守景が声を落として答える。

探雪も光起も息を呑み、その場に一瞬だけ沈黙が落ちた。先に口を開いたのは、光起だった。

「どうして、絵が残っているんですか」

「規制ですべての絵が燃やされたはずじゃ……」

探雪も戸惑いを浮かべたまま、口にした。

事実をうまく呑み込めないでいるふたりに、一蝶が応える。

「例外的に残っているんだよ。おそらく、何かあったときの交渉材料にするためだろうね」

その後で、守景が話を引き継いだ。

「今、絵は城で保管している。城は警備が堅いから、これまではそうしてきたけど、状況が変わった。歌川派の動きがあるし、城の中も一枚岩とは言えない。それなら、信頼できる大名家に預けようという話になったんだ」

「それで、御成りの裏でこっそり運ぶことになったわけですか」

光起が納得したように呟く。

守景も頷いて、説明を続ける。

「絵だけを運ぼうとすれば、相手にその目的を知られやすい。四季隊が護衛につく理由も何かしら必要になる。けれど、もともと護衛の名目がある御成りの裏でやれば自然だ。とはいえ、明日は普通に任務に当たってくれればいい。少数で固めたのも、あまり大袈裟に見えないようにするためだから。道中は護衛、屋敷に着いたら統制官の監督のもと、引き渡しが行われる予定だ」

統制官と聞いて、光起の身体がわずかに強張る。

運ぶものがものだけに、光則が同席する可能性は高い。道中で一緒になることはないだろうけど、屋敷でまた顔を合わせることになるだろう。

「……まさか、絵が残っているとは思いませんでした。あれだけの絵が処分されてきたのに」

言いながら、光起は苦々しい顔になる。

「それだけ、幕府も歌川派を警戒してるってことだよ」

そう返した一蝶も、真剣な表情だった。

何かあったときの交渉材料。ほとんどの絵が失われた中で、それを手元に用意しておきたい、そんな相手ということだ。

「歌川派って、どんな力を使うんですか？」

探雪が尋ねると、守景が困ったように低く唸る。適当な答えが見つからない、そんな様子だ。少し考え込んでから、ようやく口を開いた。

「ひと言で表すのは、難しいかな……自然系、鳥獣系のどちらも使いこなし、幻術のような技を使うこともある。一見すると、何でもありだ。だけど、あの根底にあるのは……〝魅せる力〟だと思っている」

「魅せる力、ですか……」

その意味を探るように、探雪が復唱する。

「そもそも絵画の規制が始まったきっかけはなんだったか、覚えてる？」

守景に問いかけられ、探雪は授業で聞いた記憶を頭の中で引っ張り出した。

「天笠の乱ですよね。大規模な民衆の反乱の陰にあったのが、一枚の絵だったたって……」

「そう。反乱を統率していた人物は、絵を通して民衆を導いた。民衆はその絵に陶酔しきっていた。まるで、そこに神が宿っているかのように。誰もが反乱を起こすことは正しいことで、絶対にやり遂げなければならないと思い込んでいたそうだよ」

「それも、画術による幻術だったってことですか？」

「そこまでは、わからない。でも、人を強く惹きつけるものがあったのは、確かだと思う。だからこそ、幕府は規制を始めた。倒幕を目論む者が絵を通して、結集することがないように……」

探雪も光起も、黙って今の話に思いを馳せた。

その傍らで、一蝶が宙で指を動かしながら口を開く。

「昔から画術の片鱗のようなものはあったんだ。でもそれは、花が咲く、風が吹く、そういう些細なものだった。戦う術になるまでは……」

一蝶の指が、まるで羽を描くように交差する。やがて、その指先から一匹の蝶が羽ばたいた。

蝶が部屋の中をひらひらと舞う。

すると、唐子が身体を起こし、嬉しそうに蝶を追いかけ始めた。

「少なくとも、誰かを喜ばせるためのものだったんだよ」

美しい羽を持った蝶は、誰に傷つけられることもなく、いつまでも自由に飛び回っていた。

◆◇◆

翌日、四季隊の護衛のもと、将軍一行は城を出発した。

道中は特に変わったこともなく、無事に目的としていた大名家の屋敷に到着した。

この家の主、石原定信に出迎えられ、御殿の居間へと通される。そこには予想通り、先に城を出発した光則と猪名川、そしてその他にも数名の統制士の姿があった。

居間で受け渡しが行われる間、探雪と光起は縁側の前で見張りをすることになった。

石原家の敷地は広く、居間の前には立派な庭が広がっている。中央には大きな池があり、ちょっとした庭園のようになっていた。

守景は、居間で立ち合いをしている。一蝶はと言えば、庭にしゃがみ込み地面に手を当てている。傍から見ただけではわからないが、念のため侵入者がいないか探っているそうだ。画術で地脈を張り巡らせ、人の気配や足音を拾っているらしい。広い範囲を長時間は難しいが、屋敷内に限り引き継ぎが行われる間だけであればできると話していた。

国芳の絵は、石原家への贈答品である長持の中に隠されて運び込まれた。今朝、長持に入れられるところを探雪も見たが、三枚にわたって描かれた巨大な骸骨の絵は、迫力があって素直に目を奪われた。

その絵は、交渉材料として引き継がれようとしている。

探雪は、ちらっと居間を振り返ってから光起に話しかけた。

「国芳にとって、どういう絵なんだろうね」

「お前さ、あの絵も国芳に返してやりたい、とか言い出さないよな」

「それは、さすがに言わないよ」

理解はしているけれど、なぜだろうとは思う。あの絵だって、交渉材料のためなんかに生まれてきたわけではないはずだ。誰のことも脅かさないのであれば、絵が国芳の手に戻ることに反対したりはしない。

それでも、あの絵はもう純粋な作品ではなくなってしまったのだ。そして、自分の立場とやるべきことを、探雪はわかっているつもりだった。

「交渉材料ってことは、幕府に危険が迫ったときの切り札ってことでしょ。たくさんの絵が規制で失われた中で、あの絵が残ってるのはそういう価値があるからだ」

認めたくはないが、統制士から取り返した椿の絵とは違うのだ。椿の絵に価値がないなどとは思わない。むしろ、国芳の絵が本来の価値とは違う意味を持ってしまっていることがもどかしかった。

「わかってるなら、いいけどさ」

それ以上は言うつもりはないらしく、光起はそっぽを向く。

そのとき、一蝶がおもむろに顔を上げた。

「守景、呼んで」

静かな物言いだったが、異常事態だと察し、光起がすぐに居間に声をかける。

守景を先頭に、部屋の中にいた面々も顔色を変えて縁側にぞろぞろと現れた。

守景は庭に降りて、一蝶の隣に立つ。

「侵入者の気配がある」

一蝶が淡々と告げる。その声は皆にも届き、一斉に息を詰めた。

すかさず光則が、一蝶に投げかける。

「侵入者はどこだ？」

「庭の中を動いています。たぶん画術の使い手ですね」

画術という言葉に、緊張感がその場を包む。

「探雪、光起」

守景がふたりの名前を呼ぶ。

命を聞く前にその意図を汲んで、ふたりが頷き返す。

「見てきます！」

探雪が言うと同時に、光起も走り出す。縁側の前から左右に分かれ、敷地内を回り込むようにして、侵入者の影がないか探し始めた。

不意に少し先の木が揺れる音がして、探雪は足を止める。何か小さな影が走った気がしたが、静けさが戻る。辺りを探しても、何も見つからなかった。

もし今日、引き渡しが行われることをどこからか聞き、襲撃する者がいるとすれば、おそらくそれはあの人しかいない。鼓動が胸を打ち、呼吸が浅くなる。

一蝶は、手から伝わってくるものに意識を集中した。

「……今、池の近くにいる」

一蝶が告げ、その場にいた皆が一斉に庭を見渡す。

すると、茂みの影から人影がひとつ現れた。池にかかった橋の中間地点、ちょうど小さな島がある場所だ。しかし、予想していた人物とは違い、それは着物に身を包んだ女の子だった。

「……ああ、あれは私の娘です」

家の主である定信が言うと、居合わせたほとんどの者がほっと息をつく。

「鶴乃！　今日は大事な用事があるから、部屋にいなさいと言っただろう」

定信は、娘に向かって声を張り上げた。何かを探しているのか、鶴乃はしゃがみこんでいたが、立ち上がって縁側の方を振り返った。

「ごめんなさい！　窓からこの子が鳴いているのが見えて……」

その腕には、一匹の三毛猫が抱えられている。

「……違う、もうひとり傍に……」

一蝶が呟くのと同時に、守景も気付いた。

「その猫から、すぐに離れるんだ！」

張り詰めた声は、探雪と光起にも届いた。それぞれにいた場所から振り返る。

そのとき、突如として鶴乃の腕の中にいた猫からもわっと白い煙が上がった。驚いた鶴乃が小さな悲鳴を上げながら手を離す。

辺りを覆っていた煙が風に流されていく。鶴乃の背後には、人影が立っていた。人質を捕まえたというように、彼女の首に腕を回している。

その人物の顔がようやく見え、誰もが息を呑んだ。

「歌川国芳……！」

守景がその名を口にすると、国芳はにやりと笑う。

「驚いたぁ～～？」

国芳が、愉快そうに声を上げる。手品を披露して、その反応を楽しんでいるかのようだった。しかし、その腕はしっかりと鶴乃の喉元を締め付けている。

「鶴乃！」

定信は居間に飾られていた刀を手に取り、庭に降り立った。

「やめろ！」

守景の制止も聞かず、定信はそのまま国芳に向かっていく。

「『研爪』」

国芳が唱えながら、爪を立てるようにして指を振る。すると、指の先から風の刃が巻き起こり、定信の身体を斬りつけた。草が血に染まり、定信が倒れ込む。その姿を目の当たりにし、鶴乃の顔から血の気が引いていく。

「動くなって言う前に、動くんだから」

国芳は機嫌を損ねたように言う。それから、爪を鶴乃の喉に突き立てた。

誰も動けず、ただ国芳の次の言葉を待つ。

皆が立ち尽くす中、ただひとり、とっさに倉の裏に身を隠した光起だけは国芳から死角だった。光起は状況を把握すると、小声で題目を唱えた。

国芳は、居間にいる吉房に向かって告げる。

「こっちの要求はいたって単純明快。オレの絵、そこにあるんでしょ？　返して」

ねだるように手のひらを差し出す。

「もう全部、処分されたと思ってたのに、隠し持ってるんだもんなぁ」

言葉を返せないでいる吉房に代わり、光則が口を開いた。

「誰からの情報だ？」

教えるわけがないというように国芳は笑い飛ばす。

「ダメ、ダメ。情報を渡した相手には、しっかり首輪を付けておかないと。絵さえ返せば、今日は大人しく帰ってあげる」

考え込む吉房に、猪名川が声をかける。

「あやつの言うことなど、信じてはなりません。あやつの気分ひとつで、何人の人間が命を落としたか」

それを聞いた国芳が、吉房より先に口を開く。

「心外だなぁ。気分屋なのは認めるけど、交渉事は真っ当にやるつもりだよ」

それには答えず、猪名川はさらに吉房に語りかける。

「口車に乗せられてはなりません……人質を取るような卑怯者の言うことです」

「なんか勘違いしてるみたいだけど、先に人質を取ったのはそっちでしょ？　絵はオレの一部、命のようなもの。対等な交換だと思わない？」

国芳は、変わらず吉房に問いかけているようだった。

「……わかった。絵は返そう」

吉房はそう答え、猪名川に目配せをする。仕方なく、猪名川は絵を取りに居間の奥へと消えた。

「せっかくだし将軍直々に返してもらおうかな。こっちまで持ってきて」

国芳がそう告げ、その場に緊張が走る。

とっさに、探雪は一歩前に出た。

「僕が代わりに、持っていく！」

探雪が名乗り出ると、国芳がぴくりと反応する。

「それを決めるのは……」

言いながら、振り向いた国芳は何かに気づいたように言葉を切った。

「……あれ？　なんだキミ、探信の弟じゃん。へえ、四季隊に入ったんだ」

国芳が楽しそうに笑いかけ、探雪の心が揺れた。

「兄さんのこと……知ってるの？」

思わず、そう聞き返してしまう。

「まあね。気になる？」

立場を思い出し、探雪は首を横に振る。

「……別に」

「あっそ……いいよ、キミがこっちまで絵を持ってきて」

探雪は頷き返し、猪名川から絵を受け取る。

守景の傍を通ると、こっそり耳打ちされた。

「探雪、人命優先」

「……はい」

小声で返事をして、池の方へと進んでいく。

芝生を通り過ぎて、池の前まで来た。ゆっくりと慎重に、池にかかる橋へと足を踏み入れる。

そのとき、国芳の背後にふわりと一羽の鳥が浮かぶのが見えた。鷹のようだが、ずいぶんと大きい。探雪は、それが画術だと気づいた。

鷹の背中に、光起が乗っているのが見える。鷹を操りながら、人質を救い出せないかと窺っているようだ。けれど、ふわふわと横に揺れるだけで、その機会を摑めずにいる。

なんとか隙を作れれば。

それができるのは自分だけだと、探雪は腹をくった。

探雪は、国芳を見据える。探雪が来るのをただじっと待っているだけなのに、警戒の網が張り巡らされているようだった。

鶴乃の目には、涙が溜まっている。必死で堪えているようだが、いつその限界がきてもおかしくないように見えた。

一歩一歩、国芳に近づきながら探雪は考えた。

「ねえ、キミ」

国芳に唐突に呼びかけられ、心臓が跳ねる。

「倒幕派に入りなよ」

予想外の言葉に、探雪は目を瞬く。それから、即答した。

「嫌だ」

「なんで？　一緒に絵のある自由な世界を取り戻そうよ」

「確かに、僕もそれを望んでる。でも、人を傷つける方法で、取り返したいなんて思わない」

「あれ、もしかしてオレ、すごい嫌われてる？　キミならこっちは大歓迎なのになぁ。そうだ、探信に会いたくないの？」

会いたいに決まってる。

本当はいろいろ聞きたい。それでも、国芳の流れに任せてたらいけないと気持ちを立て直す。

橋を渡り切り、池の真ん中に浮かぶ島に辿り着く。そして、国芳まであと一歩というところで、探雪は足を止めた。指を三本立てて、前に突き出す。

「三つ！　今から、三つ数える！」

不自然にならない程度に、できるだけ大きな声で宣言する。

国芳に言いつつ、本当に伝えたいのは背後にいる光起だ。

受け渡しの瞬間に隙を作る。その意図が伝わったように、光起を乗せた鷹が静かに高度を下げた。

「その瞬間に、交換しよう」

探雪が言うと、国芳は肩を竦めた。

「信用されてないなぁ。まあ、いいよ」

探雪が秒読みを始める。

「三……二……一……」

秒読みが終わると同時に、国芳が鶴乃から腕を解き、絵を掴んだ。

その瞬間に、探雪は地面に両手をついた。

「題目、『水柱』」

唱えながら、水が勢いよく上に噴き出す様を思い描く。

頭の中に浮かべた通りに、島を囲むように頭上までの高さの波が立つ。

それに意識を奪われ、国芳の身体が固まった。

波の隙間から、光起を乗せた鷹が突っ切ってくる。身を乗り出して、光起が鶴乃をしっかりと抱える。そのまま縁側の方へと運んでいった。

ほんの一瞬の出来事だった。

「へえ、驚いた」

どこか楽しそうに国芳が呟く。

絵は今、国芳の手の中にある。人質が解放されたのなら、取り返さない手はない。

探雪は屈んだままの体勢から、身体を横に倒すようにして足を振った。回し蹴りが国芳の腕に当たり、絵が手から離れる。

国芳が舌打ちをする。

風を受けて、絵は頭上に舞い上がった。国芳と探雪がその絵を掴もうと、手を伸ばす。

その瞬間、何かにさらわれるように目の前から絵が消えた。

かろうじて捉えた影を追って、視線を向ける。

国芳の絵は火矢を受け、松の木に突きたてられていた。矢から伝わった火は、瞬く間に絵を燃やしていく。

「なっ……！」

突然のことに、探雪は言葉を失った。

「……絵が……死んだ」

耳に届いた国芳の声は、底知れぬ怒気をはらんでいた。

国芳の咆哮とともに強風が巻き起こり、間近でそれを受けた探雪は元いた縁側の前まで吹き飛ばされた。

国芳の視線が滑り、吉房を捉える。

「『鉤爪』！」

吉房めがけて、爪を立てながら国芳が腕を振った。

すかさず守景が吉房の前に立ち、壁を作る。風の刃が三本走り、壁に大きな傷を残してから分散した。

守景が振り返りながら叫ぶ。

「全員、中へ！　探雪と光起、誘導を！」

探雪も光起も、すぐに動き出した。光起が盾になりながら、吉房を連れていく。探雪は定信に肩を貸して、屋敷の中へと運んだ。

「邪魔するな！」

国芳が前に進み出て、橋を渡り切る。

しかし、そのとき壁を乗り越えるようにして、一蝶が躍り出た。空に掲げていた手の真上に刀が描き出され、その柄を握る。国芳は足を止めると、頭上にいる一蝶めがけて宙を掻いた。風の刃が放たれる。一蝶はそれを刀で受け流すと、そのまま攻撃に転じた。

「また無茶な戦い方して……！」

守景が堪らず、声を上げる。

「でも守景、助けてくれるでしょ？」

一蝶が答えながら、国芳に刀を振りかざす。

「そりゃ、助けるけどさ……！」

国芳を挟むようにして、反対側から守景も刀を手に迫る。

攻撃は間に合わないと悟った国芳は、舌打ち混じりに守りに入る。一蝶と守景に向けて、左右に手をかざした。

「『氷壁』」

国芳の両の手のひらから氷の壁が生まれ、刀を受け止める。刀を当てたまま、守景と一蝶は力を込めるが壁は固い。

「国芳、手を引け」

守景が、歯を食いしばりながら言う。

「もう引けないところまで来てんだよ」

冷笑を浮かべてから、国芳が続ける。

「……絵はもう返って来ない」

そう呟いた瞬間、氷の壁にひびが入った。

「クソッ」

吐き捨てるように言ってから、国芳が両手に力を込める。

手から出た風圧によって壁が砕け、その勢いに押され、守景と一蝶も後退る。顔を上げると、氷の霧が残っているだけで国芳の姿がない。

しかし、よく見れば力尽きたように転がる三毛猫の姿があった。その傍に、別の猫が降り立つ。真っ黒な猫だ。黒猫は三毛猫の首をくわえ、そのまま霧の中へと消えていく。

霧が晴れた頃には、二匹の猫はいなくなっていた。

逃がしてしまったものの、この状況をなんとか乗り切れたようだ。守景と一蝶は、そっと息をついた。

「暴走気味だったし、かなり危なかったね」

一蝶が肩を竦めながら言うと、守景も頷く。

「怒りで我を忘れてた感じだった。おかげで、画術にムラがあったから命拾いしたけど……」

それから、守景は屋敷を振り返った。

「もう大丈夫ですか？」

皆が安堵し、定信の手当が始まる。

その中で、光起だけが屋敷の奥へと向かおうとした。光起が探雪の横を通りかかる。その顔に赤い筋が走っているのが見えた。

「光起、頬に傷が……」

探雪が声をかけても、耳に届いていないようだった。光起は目に怒りを宿して、通り過ぎていく。鬼気迫った表情にただならぬものを感じ、探雪は慌ててその背中を追う。

廊下の角を曲がったところで、光起を見つけた。

向かい合っているのは、光則だ。

「あの火矢は、画術じゃなかった。絵を燃やしたのは、あんたか？」

光起が絞り出すような声で問い質す。その目はまっすぐに光則を見据えていた。

「……だったら、なんだという」

「なんでだ。なんで燃やした……」

光則は静かに答える。

「お前こそ、なぜあの状況で絵を残しておけると思う。あの絵が幕府側にあるということを知られた以上、不安要素でしかない。手元に置いておけば、やつはまた人の命を天秤にかけてでも、取り返しに来るだろう。早々に処分するのが一番だ」

光則は淡々と返す。

その冷静さが余計に怒りを駆り立て、光起は拳を握り締めた。

「……あんた、本当に絵を描く人の心を失ったんだな」

光起の声は震えていた。

怒りを込めただけでなく、少しでも光則が心を痛めればいい、そんな想いで放った言葉だった。

けれど、光則は冷めた表情のまま告げる。

「絵で誰かを救える時代は終わったんだ」

心を痛めたのは、むしろ光起の方だった。

「いつまでも、くだらない幻想を持ち続けるな」

その言葉は、後ろにいた探雪の心まで揺らした。光則もそのつもりだったのか、探雪を一瞥する。

探雪の中に、ふつふつとした感情が湧き上がる。けれど、前のように光則に食ってかかるようなことはできなかった。

光起も言葉を失い、立ち尽くしている。

光則は無言のまま、話を打ち切るように背中を向けて去って行った。

第二章 ——— 花さそふ

Fugaku Hyakkei Graphiattle

国芳の襲撃を受け、その翌日から市中警備の強化が行われた。

それから数日が経ったある夜、探雪と光起は松永堂の張り込みについていた。歌川派が動き始めるというもともとの情報源は、店主である松永からのものだ。この店に歌川派の一員が出入りしている可能性は高いため、休憩も兼ねて交代で張り込むことになったのだった。

松永の計らいで、隊員の誰がいつ来ても半個室の席が用意されている。衝立のおかげで周りからは見えにくいが、反対にこちらからは他の席がよく見える位置だ。

「ここ数日、なんの成果もなしか……」

席に着くなり、光起がため息混じりに言う。警備の強化が始まってから、歌川派に関するこれといった手がかりは何も摑めていない。

「静か過ぎて怖いくらいだよね」

「そうだな。でも、あれで終わるはずがない」

先日の石原家での一件が頭を過り、探雪も神妙な面持ちで頷く。

力の根底にあるのは魅せる力。そう守景が言っていた国芳が、まるで憎悪をぶつけるように画術を使っていた。燃えたぎる怒りの火が簡単に消えることはないだろう。

「失礼します」

衝立の外から声が聞こえたかと思うと、松永が顔を出す。そして、ちゃぶ台の上にふたり分の団子がのった皿とお茶を置いた。

「あれ、僕たちまだ何も頼んでませんよ？」

探雪が言うと、松永が微笑む。

「先日のお礼がまだでしたから」

「いいんですか、ありがとうございます。松永堂の団子、大好きなんです」

素直に喜ぶ探雪に続き、光起も「ありがとうございます」とお礼を伝えた。

団子を前に、一瞬だけ歌川派のことも頭から消える。

「いただきまーす！」

松永が店の奥へ消えた後で、さっそく探雪は団子を頬張ろうとする。

「すげえ阿保面」

呆れたように光起に呟かれ、探雪は団子を口に入れる手前でぴたりと止めた。

「なんだって？」

「別に？　褒め言葉だろ。呑気で結構だって意味」

「絶対に褒めてない！　そんなこと言うなら、光起は食べなければいいじゃん」

「………食べるよ」

光起は葛藤してから、ぽつりと呟く。

その言葉を聞かなかったことにして、光起の分の皿を引き寄せる。

「光起が食べないなら、僕が代わりに食べてあげる。松永堂の団子、美味しいのにもったいないなぁ」

言いながら、団子を頬張る。わざと大袈裟に美味しさを表現すると、光起が少し悔しそうな顔をした。いつも阿保呼ばわりされているのだから、これくらいの仕返しは許されるだろう。

「食べるって言ってんだろ！」

光起が団子を取ろうと手を伸ばすので、探雪は皿をひょいと持ち上げる。光起のこめかみがぴくっと動いた。

光起は腰を上げ、身を乗り出すようにして、再び自分の皿を取り返そうとする。探雪は、その手も身体を傾けて躱す。けれど、光起の反対の手には、いつの間にか団子の串が握られていた。少し遅れて、自分の皿から一本団子が消えていることに気づく。

「あ、僕の団子！」

「団子くらいでムキになるなよ」

勝ち誇った顔をしながら、光起がひと口、団子を頬張る。

「最初にムキになったのは光起じゃん。団子、返せ！」

今度は、探雪が手を伸ばす。光起はそれを避けながら、店に入って来た人物を視界に捉えた。探雪の頭をぐいっと押し込みながら、衝立の陰に隠れる。

「静かにしろ」

光起が声を落として言うので、探雪も何かあったのだと察し、ゆっくりと身体を起こす。そして、衝立の隙間から光起が見ているものを一緒になって覗いた。今しがた店に入ってきた男は、誰かを探すように店内を見渡している。それから、奥の席に座っていた人物に目を留めると、その向かいに座った。

その男の顔がようやくちゃんと見えて、探雪は息を詰める。

「……月岡芳年だ」

警備強化の際、四季隊には似顔絵による情報共有の許可が下りた。歌川派の一味の中にあった似顔絵と、今見ている人物の顔は一緒だ。

「間違いないな。向かいに座ってるのは、歌川派のやつじゃないみたいだけど……探雪、知ってる人か？」

「ううん。僕も町の人のことを全員知ってるわけじゃないけど、見たことない人だ。この町の人じゃないのかも」

　すると、その見知らぬ人物が、ちゃぶ台の上に何かを置いた。目を凝らせば、どうやら小さな木箱だ。芳年はそれを受け取ると、懐にしまう。そして、大して会話もせずに、町人の男は腰を上げて店を出て行った。

　探雪が呆気にとられ、光起に話しかける。

「え、箱を渡して帰っちゃった。あれだけのために会いに来たのかな」

「それだけあの箱が重要なものってことだろ。機密情報が入ってるのかもな」

　それからまもなくして、芳年も店を後にした。

「追いかけよう」

　頃合いを見て光起が言い、ふたりして腰を上げた。


　月の光があるおかげで、外は意外と明るかった。

　店を出ると、ちょうど通りの角を曲がる芳年の背中が見えた。間合いを取りながら、その後を慎重に尾行する。やがて、芳年は橋の上で立ち止まった。

「誰かを待ってるのかな？」

　建物の陰に身を隠したまま、探雪が言う。

「さっきの箱を誰かに渡すんじゃないか？」

「もしそうなら、あれが何の箱かわかるかも」

「そうだな。深追いして戦闘になっても厄介だし、待ち合わせの相手が来るまで待とう」

光起の提案に、探雪も頷く。

夜空を雲が流れていく。しばらくしても、いまだに待ち人が来る気配はなかった。

「本当に待ち合わせなのかな？」

焦れる思いで探雪が呟く。

そのとき、後ろから足音が聞こえてきた。振り返れば、町民の女性がおぼつかない足取りでこちらへやって来る。

「あ、呉服屋の……」

見知った顔の女性に、探雪は駆け寄る。

「どうしたんですか？」

「……町の集まりに……倒幕派のやつらが来て……」

女性が息を切らしながら言う。

探雪と光起は、思わず顔を見合わせた。

「すぐに行こう」

探雪が言うが、それを光起が引き止める。

「待て。こっちはどうするんだ」

光起はまだ橋の上にいる芳年にちらっと視線を向ける。

「この機会を逃すのか。重大な情報を持ってたら、今どうにかしないと手遅れになる」

「そうだけど……でも、もしもの話でしょ。今、困ってる人がいる方に行こうよ」

光起は何やら考えるように間を置いてから、口を開いた。

「じゃあお前は、そっちに行けよ。二手に分かれればいい」

「待ってよ。ふたりで動くのが基本でしょ。芳年なら、他に見回りしてる隊員に任せれば……」

「そんな時間ないだろ。どっちに行くにしてもな」

光起の言う通りだ。芳年が今に動き出すとも限らない。詳しい状況はわからないが、助けを待っている人だって、どれくらいの猶予があるのかわからない。

「二人一組で動く必要なんて、別にないだろ」

光起が痺れを切らしたように言う。

「俺は、ひとりでいい。助けが必要なのはお前だけだ」

切り捨てるように言われ、探雪は拳を握り締める。

「別に、助けてもらいたいから言ってるんじゃない……僕はちゃんと光起と一緒にやりたいだけで……」

「は？　お前、前はそんなこと言ってなかっただろ」

「そうだけど……」

光起と組みたいわけじゃない。確かに、そう言ったのは自分だ。

けれど、なぜかもやもやとした感情が胸を覆う。

その正体を掴む前に、光起が言う。

「ひとりで行動できないからって、誰かと一緒にいたがるなよ」

煽るような言葉に、ついムッとなる。

「わかった！　じゃあ、別々に行動しよう。でも、僕が芳年を追う」

「は？」

「もし僕が情報を持って帰ったら、ちゃんと相棒として認める。いい？」

「なんだよ、それ」

光起が呆れたように返す。でも、探雪は真剣だった。

「情報さえ手に入れば問題ないんでしょ？　それとも、お父さんを見返すために自分で追いたい？」

光起の瞳がわずかに揺れた。

「今、関係ないだろ」

余計なことまで言った自覚はあったが、止まらない。

「見返したい人がいるって言ってたよね。あれって、お父さんのことでしょ？」

光起は何か言い返そうとしたが、それを呑み込んで、諦めたように息をついた。

「……ああ、お前の言う通りだよ。俺は、あのクソ親父を見返したい。四季隊にいるのなんて、それだけの理由だ」

光起が吐き捨てるように告げる。けれど、一瞬だけその顔に寂しさが滲んだ気がした。

「……そこまで言うなら、やってみろよ。俺は、この人と一緒に行く」

光起は、助けを求めに来た女性に声をかけて一緒に駆け出す。

そのとき、光起の腕に巻かれていた額当てが、解けて地面に落ちた。

「光起！」

探雪は額当てを拾いながら呼ぶ。

光起が振り返り、その手の中にあるのが自分の額当てだと気づく。けれど、光起が引き戻すことはなかった。

「……いらねえ」

光起は背中を向けて、そのまま離れて行ってしまう。

探雪は、手の中の額当てに目を落とした。けれど、すぐに顔を上げて芳年を振り返る。

ちょうど、芳年が橋の上から動き出すところだった。

探雪はひとり、芳年の尾行を続けた。

しかし、いつまで経っても芳年は町の中を彷徨ってばかりで、誰かと落ち合う気配がない。気がつけば、町の外れの方まで来てしまっていた。

もしかしたら、後をつけていることが知られていて、こちらが出てくるのを待っているのかもしれない。そんな考えが頭を過る。戦闘になれば、勝ち目は薄いだろう。けれど、何も得られないまま帰りたくはない。

なんとかあの木箱だけでも……。そう思い、頭を捻る。それから、ふと光起が人質を奪還したときのことを思い出した。あのときのように、隙をついて箱だけ奪うことはできるかもしれない。

見れば、芳年はさっきとは別の橋の上で足を止めている。やるなら、今だ。

探雪は集中するために目を閉じて深呼吸をする。それから、小さく題目を唱えて術を発動した。鋭いくちばしを持ち、空を滑空できる優美な羽を持った鷹の姿を思い描く。

探雪は期待を込めて、目を開けた。けれど、そこにいたのは鋭さとはかけ離れた、ずんぐりむっくりとした鳥だった。

「思ったのと違う……」

探雪は鳥の前にしゃがみ、頭を抱えた。普段と比べれば、鳥の形を成しているだけでも上出来と言えるが、ふっくらとした体はとても自分を乗せることはできそうにない。

「……っていうか君、飛べるの？」

つい、そんなことを尋ねてしまう。すると、鳥は「当たり前だろ」と言うように、くちばしで探雪をつつく。

「いっ、痛っ……！　わかったよ、わかった。ごめんって」

探雪は気を取り直して、鳥に喋りかける。

「これは、大事な任務なんだ。頼んだよ」

鳥は敬礼するように翼を頭の前に当てた。

鳥がゆっくりと空に浮かび上がった頃、芳年がまた動き始めた。探雪は必死で鳥の飛行を操りながら、その後を追う。芳年は橋を越え、その先の通りを歩いていく。自分自身が気づかれないように注意しながら歩いていると、鳥がふらふらと横に流れてしまう。屋根にぶつかりそうになったところを慌てて止めた。

そっと息をつきながら芳年を見れば、まるで行き先を見失ったように立ち尽くしている。肩を落とし、懐からあの木箱を取り出した。

今しかない。迷っていれば、機会を逃す。

探雪は一瞬のうちに心を決めると、鳥を芳年の背後に回し、意識を集中した。鳥は思ったよりも滑らかに、そして、まっすぐに芳年に向かって飛んでいく。

いける。鳥が芳年の間近に迫る。あともう少し。

けれど、くちばしが木箱に触れそうになった瞬間に、芳年は身体を翻し、それを躱した。止めどころを見失った鳥は、そのまま通りに置いてあった木樽に突っ込んだ。

失敗した——。

画術も解け、もわんと煙を立てながら鳥は消える。

芳年は一瞬の間のあとで、静かに口を開いた。

「出てくれば？　そこにいるのは、わかってる」

それは明らかに探雪に向けられた言葉だった。やっぱり尾行がバレていたんだ。息を詰めて、芳年を物陰から窺い見る。

けれど、芳年は探雪がいる場所とはまるで違う方向を見つめていた。

「あれ……バレてない？」

探雪は拍子抜けした。それでも、気を引き締めるように頭を振る。

居場所はわかっていなくても、もう同じ手は使えない。無理な深追いはしないようにと、警備に出る前に守景からも言われている。

このまま撤収するのがいい。頭ではわかっているのに、どうしてもその場から離れられなかった。

たとえ今逃げても、いずれ強くなって四季隊の戦力になればいい。

でも、光起にあの条件を突きつけることは、二度とできなくなる気がした。

探雪は覚悟を決めた。建物の陰から出て、芳年と向かい合う。芳年も探雪に気づき、ゆっくりと視線を向けた。

「……あの、三つ目橋ってどこ？」

なぜか芳年に道を尋ねられ、探雪は面食らう。もしかしたら、迷子になっているのだろうか。

「え、それなら町の反対側だけど……」

戸惑いつつも素直に答えると、芳年が納得したような顔になる。

「ああ、だから、いくら待っても会えなかったのか……」

ひとり言のように、芳年はぼそぼそと呟く。

それから、射貫くような鋭い視線を探雪に向け直した。

「……それで、君の目的はこの箱？　それとも、俺の命？」

途端に、辺りの温度が下がった気がした。

「ああ、思い出した。君、石原家にいた子だ」

「どうして……」

知っているのかと言いかけて、国芳を運んでいった黒猫のことが頭を過る。あれが、芳年だったのだろう。

「俺ね、規制の前も後も、血みどろ絵っていうのを描いてるんだ」

「規制の後も……？」

探雪は胸がざわついた。

「君も綺麗な血を流してよ」

芳年が冷え冷えとした声で告げる。発動前なのに画術の力が伝わってくるのを感じた。禍々しい波動に、気圧される。

「題目『貞観殿血』」

芳年が唱えると、その傍に黒い靄が漂い始める。靄が形を成していき、やがて兎の顔をした武者が現れた。その手には、弓が握られている。

兎の武者は弦に矢をかけ、ゆっくりと胸を開く。矢の先端が探雪に焦点を絞り、目一杯に張り詰めたそのとき。

風を切って、矢が飛んできた。反射的に身体を翻して矢を躱したが、髪の先を掠めていった。兎の武者は、次の矢を射ようとしている。

「みんな血みどろが好きなんだよ。でも、自分が血みどろになるのは嫌なんだって」

誰に言うでもなく、芳年はまたぼそぼそと呟いている。

次の矢が放たれる。放たれたときに一本だった矢は、二本に増えた。左右に緩やかな曲線を描きながら、探雪を狙う。

探雪は、二本が交わる瞬間に身体を屈めた。矢が頭上を通り過ぎていく。しかし、その先の建物の陰から町民が飛び出してきた。

「危ない！」

矢が町民に迫る。探雪は地面に手をつき、その人の前に画術で壁(かべ)を作る。矢は壁に突き刺(さ)さって止まった。

「すぐにここから避難(ひなん)してください！」

探雪が叫(さけ)ぶと、町民は慌てて来た道を戻っていく。芳年を振り返(かえ)れば、なにやらまたぶつぶつと言っている。

「早く血を見せないと……そうだ……『射鹿給事(しかをいたまふこと)』」

芳年が再び唱えた途端、探雪は頭の上に違和感(いわかん)を覚えた。それを確かめる前に、次の矢が放たれる。今度は四本の矢だ。

逃げてばかりじゃ、らちが明かない。探雪はあらゆる方向から迫ってくる矢を見極め、炎(ほのお)を飛ばす。三本は燃え落ちたが、一本は外してしまった。仕方なく、横に飛び避(よ)ける。しかし、通り過ぎたはずの矢は方向を変えると、再び探雪に向かってきた。

「なっ……！」

転がるようにして軌道(きどう)から逃げる。けれど、矢は旋回(せんかい)して探雪を目掛(めが)けて飛んできた。再び炎を出して焼き切ると、ようやくその攻撃(こうげき)が止まった。

「よく逃げる鹿」

芳年の呟きに、探雪は頭の違和感を思い出す。手で頭に触れると、そこには硬い質感の何かがついていた。ハッとして、通りに置かれていた天水桶を覗き込む。水面に映った姿を見れば、頭に鹿のような二本の角が生えていた。

「え、なにこれ、鹿って僕!?」

戸惑っている間に、背後から攻撃の気配がする。振り向けば、八本の矢に囲まれていた。自分の周りを包むように火炎を出して矢を防ぐ。軌道は逸れたものの、完全に焼き落とせなかった矢が腕を掠め、痛みが走った。

「矢が増えてる……」

前の攻撃から二倍の数の矢が襲ってきていることに、探雪は気づいた。

「血が足りない。矢が増えれば、血も増える……」

その刹那に探雪は思った。自分より遥かに強い。強い、けど――。

兎の武者が空に向かって矢を放つ。

十六本の矢が空から落ちてくる。

「題目『豪火』」

両手をかざしながら、強烈な炎を思い描く。火炎放射によって、矢はひとつ残らず墨になった。

「……どうして嬉しそうなの?」

芳年がひとり言ではなく、探雪に向かって尋ねる。言われて、自分の頬が緩んでいることに探雪は気づいた。

「……ただ、絵を描くことが好きな人なんだろうなって思って」

探雪がそう返すと、芳年はわずかに目を見開いた。

芳年は強い。本当は、自分の身を心配すべきなのだろう。でも、こんなときだっていうのに、探雪は芳年の画術にどこか魅了されてしまっていた。

一方の芳年は、困ったような顔をしていた。

「……わからない。みんなが喜んでくれるから、描いてるだけ……好奇心。怖いもの見たさ。刺激的なもの。そういうのを求められるから」

芳年がどこか苦しそうに呟く。

そんな姿を見ながら、思いを馳せる。これだけの術が使えるようになるまでに、どれくらいの努力を積み重ねてきたのだろう。探雪から見た芳年はただ絵が好きな人なのに。絵と向き合ってきた時間が確かにあるはずなのに。絵が好きかどうかわからないと言う。やり込んだ先で、わからなくなる。その気持ちは理解できる。

理解できるのに、どうして胸が苦しくなるんだ。

誰かに似ているなと、そんな思いが過る。

探雪は、光起のことを思い出していた。

「描くしかないんだ」

芳年が吐き出すように言う。

そうだ、光起は――。

答えを掴みかけたそのとき、三十二本の矢が空に放たれた。

◆◇◆

同刻、光起は町の外れにある、ひと気のない神社に来ていた。

集まりの最中に襲われたと聞いてきたものの、広い境内はしんと静まり返っている。まさか手遅れだったのでは。そんな考えが一瞬だけ過るが、それにしてはぱっと見ただけでも荒らされた形跡はない。

光起はここまで案内をしてくれた女の人を振り返った。

「他の人はどこに……」

言いながら、女の人の目がどこか虚ろなことに気づき、言葉を切る。

そのとき、本堂の方から聞き覚えのある声が響いた。

「あれ～？　意外な人が釣れちゃった」

嫌な予感に振り返る。そこには、予想通りの人物がいた。

「国芳……！」

「そんな嫌そうな顔しないでよ」

けらけらと笑う国芳の背後から、町の人たちが次々と現れる。そして、光起の傍にいた女の人も吸い寄せられるように国芳の方へと歩き出した。見れば、他の町民たちも意思を失ったように、ぼんやりとした顔をしている。

「まさか、術で……」

ふと、規制の元となった事件のことが頭を過る。

「……罠だったわけか」

光起は歯ぎしりした。

「キミを呼ぶつもりじゃなかったんだけど、まあいいや。キミ、土佐光則の息子なんだって？」

国芳が口元に笑みを乗せたまま言う。けれどその目には、はっきりと憎悪が滲んでいた。

「キミの父親、元絵師のくせに、みんなの絵を燃やしてさ。ねえ、キミがいなくなれば、大切なものを失う気持ちが少しはわかるかなぁ？」

「……知るかよ」

光起は苛立った。どこにいても付いて回る父親の存在が鬱陶しかったし、絵を失う苦しみがわかるのかなんて、自分が聞きたいくらいだった。

「題目『猫かたまって猫になる』」

国芳が謡うように唱える。すると、町民たちがそれぞれ煙に包まれた。煙が引いていくと、皆は猫の姿になっている。そして、猫たちは引き寄せられるように集まり、かたまりとなって境内に大きな影を落とした。

「なんだよ、これ……」

光起は、猫のような巨大なかたまりを見上げた。

呆然としていると、猫の手が頭上から降ってくる。とっさに、後ろに飛び退いた。ずんと音を立てて、目の前の地面に猫の手が叩きつけられる。

猫の手が再び襲い掛かってくる。それを避けながら、光起は必死で考えた。下手に攻撃をすれば、町の人を傷つけることになる。

確実とは言えないけれど、町の人をこの術から解く方法はひとつ浮かんでいる。もし規制の元になったあの事件と同じなら、うまくいく可能性は十分にある。

そして、その方法は簡単だ。個を認識させればいい。自分が自分であることを思い出させればいいのだ。だから、名前を呼ぶだけでいい。

けれど、そんな簡単なことができない。ここに集まった町の人たちの名前を、誰ひとり知らないのだから。

もし、探雪だったら――。そんな思いが過る。探雪だったら、きっと顔と名前を覚えている人がこの中にいただろう。

考えてから、光起は舌打ちをした。

「自分で言っておいて、このざまかよ」

もし、今いてくれたら。そんなことを思う資格もない。ひとりでやると決めたのは、自分だ。そうじゃなければ、光則を認めさせることはできない。

避けた猫の手が、地面にめり込む。光起は思い切ってその手の上に乗り、腕を駆け上った。猫が戸惑い、動きが止まる。そのまま肩を踏み台にして背中側に飛び降りながら、題目を唱えた。境内の木から蔓が伸びて、猫の手を縛り上げる。両手を拘束され、猫は不機嫌そうに鳴き声を上げた。

これで、動きを封じられた。そう思ったが、猫は呻きながら腕を振り回すと、蔓ごと木を引っこ抜いてしまった。蔓は切れ、木は境内の隅へと投げ出された。

光起は着地し、猫と距離を取りながら次の手を考える。

すると、くすくすと笑う国芳の声が聞こえてきた。

「キミは、俺に勝てないよ」

「そんなのわからないだろ」

自分を鼓舞するように、光起は返す。

「ううん、わかるよ。絶対に勝てない」

「戦闘に絶対なんてねえよ」

「そういうことを言ってるんじゃないんだよね」

国芳は、まるで同情するかのように微笑みかける。

「だってキミ、絵が好きじゃないでしょ？」

予想外の言葉に、光起は固まった。

「キミの画術はもう伸びない。くるおしいほどに絵を愛してるオレには勝てないんだよ。今だけじゃなくて、この先ずっとね」

自分でも驚くくらい、光起は心が揺れていた。

「……ふざけるなよ。どいつも、こいつも……」

吐き捨てるように呟いた。

好きじゃなければ画術の腕が上がらないのなら、養成学校を首席で卒業したりしない。努力した分だけ、上達している。

そう堂々と言い切れるはずなのに。

なぜか無性に腹が立った。

なにより、好きかどうかと聞かれ、好きだと言うことができなくなってしまった自分自身に対して。

◆◇◆

三十二本の矢が空から降り注ぐ。

探雪は、矢に囲まれる前に駆け出した。灯篭(とうろう)を踏み台に、それから窓の庇(ひさし)を足掛(あしが)かりにして屋根へ上る。垂直に落下していた矢が空中で止まり、向きを変えた。探雪は屋根の上を一心に走った。

いつから、光起とちゃんと相棒になりたいなんて思ってたんだろう。きっと、国芳との戦いがあってから……。

いや、違(ちが)う。本当は、もっとずっと前に気づいてたんだ。

光起は、絵を描(か)く楽しさはもうないと言っていた。そして、四季隊にいる理由は父親を見返すためだけだと。

それでも、どうしても思ってしまったんだ。

誰よりも光起は絵が好きなんだろうって。

もしかしたら、自分と同じものを見ているんじゃないかって。

足を踏み込(こ)み、ただ前へ進む。下から見ている芳年の脇(わき)を通り過ぎ、反対側まで駆け抜けた。その間にも、矢との距離はどんどん詰(つ)まる。

矢がすべて一方向に集まったところで、探雪は屋根の上から踏み切り、身体を宙に投げた。矢も方向を変えて、束になって追いかけてくる。身体を捻り、矢に向き合うようにして両手を前にかざす。両手から噴き出した大きな炎が、矢を包み込んだ。焦げた矢は静止して、力を失ったように落ちていく。

探雪は、地面すれすれで体勢を変え、なんとか着地した。それから、もう一度、芳年に向き直った。

燃え落ちた矢を見て、芳年は顔を歪める。

「わからない……みんなが認めてくれないと、意味がない。好きと言ってもらえないと意味がない。けど、自分のこともよくわからない」

「……僕のすぐ近くにも、君みたいなやつがいるんだ」

芳年も、光起も、絵が好きかわからないと言う。絵を描く自由が失われた世界で、それでもまだ画術という形で絵に関わっている人たちが見失っている。好きかどうかなんて、自分で決めるしかない。

「……でも、大事なものには変わりないだろ」

光起のことを思い出しながら呟く。

同級生の中で、誰より努力してきた光起の姿を知っている。大事じゃなければ、あんなふうに努力しない。

父親を見返したいだけって光起は言うけれど、大事じゃなければ、目の前で絵が燃やされたときに、あんなふうに怒ったりしない。

もし、光起が絵のある世界を取り戻したいと、同じように思ってくれたらって。そんなふうに期待してしまっているから。

「……一緒にやりたいよ」

届くはずはないけれど、言葉が勝手に口をついて出た。

兎の武者が弓を引く。六十四本の矢が一斉に放たれた。まっすぐ束になって襲ってくる。

「題目『大旋風』」

探雪が唱えると、通りに大きなつむじ風が舞い起こった。その威力に負け、矢が風に巻き込まれていく。探雪が手をかざすと、つむじ風は空に登りながら、ひと筋の風になる。

そして、風は矢を乗せた向きを変え、芳年と兎の武者に迫った。

「俺の矢をそのまま攻撃に……！」

自分に向かってくる矢にハッとして、芳年は術を解いた。途端に、矢は黒い靄に変わる。

しかし、何本かの矢は消えないままだった。そのうちの一本が兎の耳を突き破った。兎の武者が、呻き声を上げて膝をつく。

「どうして……そうか、自分の術で作った矢を何本か混ぜたのか」

芳年が確かめるように言う。

探雪は顔についた泥を拭いながら、にっと笑った。

「これだけ矢が多いと、気づかないものでしょ」

「……でも、次の攻撃は避けることはできない」

探雪は、次に来るはずの矢の数を考えた。

「さっさと逃げた方がいい」

「絶対に嫌だ」

探雪が即答する。

芳年は、傍らで膝をついている兎の武者をちらっと見た。

「これで最後だ……」

芳年の言葉に応えるように、兎の武者が立ち上がる。

「血が流れるまで、矢は君のことを追い続ける」

兎の武者が最後の力を振り絞り、空に向けて弓を引く。矢が放たれる瞬間にはもう、探雪は前方に走り出していた。芳年の方へ突き進み、助走をつけて足を踏み込むと、宙に浮いた。

探雪が、画術で再び風を起こす。風に押されるようにして、探雪はまっすぐ芳年まで飛んでいき、瞬く間に距離を縮めた。それから芳年の肩を摑んで止まると、背中から覆い被さるようにしがみつく。両肩にがっちりと腕を回した。

芳年は戸惑ったが、すぐにその意図を察した。百二十八の矢は、芳年の背中にいる探雪をめがけて飛んでくる。

矢がものすごい勢いで迫る。その刹那に、芳年は思考を巡らせた。術を解けば……いや、さっきみたいに矢を隠されてたら……それに、背中にいたら自分だって矢の餌食になるはずなのに、なんで……。

矢は、すぐそこまで近づいている。

もう、身代わりを出すしか――。

追い込まれた芳年が、勢いよく唱える。

「題目、『武蔵坊弁慶』」

芳年の目の前に、黒い靄が一瞬にして立ち込める。そして、甲冑を着て頭に白い布をまとった兎の武者が現れた。武者は、その身体にすべての矢を受けて立ち尽くす。

通りがしんと静まり返った。

芳年が息をついた瞬間、武者は黒い靄に戻り矢も一本残らず消えた。芳年が後ろに倒れ、探雪も一緒になって地面に転がる。探雪が身体を起こしても、芳年は動かない。

「あの……大丈夫？」

探雪が思わず尋ねる。

「全然、大丈夫じゃない……」

仰向けのまま芳年が答える。それで、ようやく探雪は自分が勝ったのだと理解した。

それでも無理やり芳年が動こうとすると、例の木箱が袂から零れ落ちた。

「悪いけど、これもらってくね」

探雪が木箱を拾い上げる。

「どうせ開けられないよ」

「いい。これは、約束を守ってもらうための証拠だから」

すぐにでも光起のもとへ向かおう。探雪は立ち上がる。

それから、芳年を拘束するための縄を具現化した。術は離れるほど、保つことが難しくなるが、縄ならなんとかなるはずだ。

けれど、ハッとして芳年を見る。

「……縄で縛っても、猫になれるんだよね？」

「そんな力はもう残ってない。今更逃げるつもりもないから」

探雪は少し考えてから、芳年の手を縛ろうと屈んだ。

そのとき、芳年が通りの先に視線を向け、何かを見つけたように声を上げた。

「あ、国芳さん」

探雪は勢いよく振り返るが、そこには誰もいない。

探雪は眉を寄せて、芳年に顔を戻す。

「ごめん、最後の悪あがき」

芳年が無表情のまま言う。

探雪は思いっきり顔をしかめ、今度こそ両手と両足を縛った。

「……そんな優しい縛り方でいいの？」

手を縛っている間、ふと芳年が尋ねる。

「……絵師なんだから、腕大事にしなよ」

その言葉に、芳年からの返事はない。

「すぐ他の隊員が来るから、大人しくしててよ」

探雪は、画術で信号用の赤い花火を打ち上げた。これを見た隊員が、すぐに来てくれるはずだ。

さて、光起はどこにいるのか。どうやって探そうか。

すると、探雪の考えを見透かすように、芳年が口を開いた。

「探しても無駄だと思うよ」

「光起がどこにいるか、知ってるの？」

「たぶん国芳さんのとこ。きっともう死んでるよ」

「すぐ行かないと……」

「行ったら、君も死ぬよ」

「それでも、行くよ。万が一だけど……ふたりならよかったなって、光起も思ってくれてるかもしれないから」

探雪はそう言い残して、通りを駆(か)け出した。

その背中が角を曲がり消えたのを見て、芳年は小さく息を吐(つ)く。

「若いっていうか、眩(まぶ)しいっていうか……」

芳年は自分を拘束している縄を見つめる。

「それでもって甘い」

芳年の両手と両足がぽんっと切り離されて、縄ごと落ちる。地面に転がった手と足は、黒い靄となって散った。袖(そで)と裾(すそ)から、芳年の本当の手と足が顔を出す。

「さて、逃げるか」

芳年は立ち上がって歩き出す。けれど少し歩いただけで、よろよろとふらつき、また後ろ向きに転がった。

「ダメだ。さっきので本当に使い切った。少しだけ休んでから……」

芳年は仰向けに寝(ね)たまま、夜空を見上げた。

空には丸い月が、ぽっかりと浮かんでいる。

「……月ってあんな顔もするんだ」

久しぶりに月でも描(か)こうか。

まるで笑いかけているような月を見ながら、そんなことを考えた。

勢いよく走り出したものの、橋を渡り切ったところで探雪は足を止めた。

「って、どうやって光起を探すか考えないと……」

それから持ったままでいる光起の額当てのことを思い出した。

「そうだ。これを使えば……」

案が浮かび、探雪は題目を唱えて、頭の中に賢そうな犬を思い描く。線が走り出し、やがて一匹の犬が現れた。

探雪はその前に屈み、首を捻る。

「……犬、かな？　犬だよね？　うん、きっと犬だ！」

そうやって自分を納得させれば、わりとちゃんと犬に見えてきた気がする。

探雪は犬の鼻の前に光起の額当てを差し出し、匂いを覚えてもらう。くんくんと嗅ぎ始めた犬に、探雪は語りかけた。

「今、光起はすごく手強いやつと戦ってるんだ。僕が行ったところで力になれるかわからないけど、ひとりよりは気持ちが楽になるはずだから……どうしても、光起のことを見つけたいんだ。手伝ってくれる？」

犬は顔を上げ、任せろというように「わうん！」と吠えた。さっそく犬が走り出し、探雪も慌ててその後を追いかけた。少し走ったところで、犬がぴたりと止まる。

「何か見つけたの？」

探雪が期待を込めて、覗き込む。

けれど、犬は道端に咲いているタンポポを眺めていた。

「ちょっと……！　今は光起でしょ！」

探雪が訴えても、犬はあへあへ言いながら幸せそうに黄色い花を見つめている。その姿を見ているうちに、光起の『呑気で結構』という声が脳内で蘇る。

「全然、認めたくないけど……なんか、なんて言うか……すごく自分っぽい」

ぐぬぬ、と探雪は頭を抱える。

「ほら、行くよ！」

ようやくタンポポから目を離し、再び犬が駆け出す。

しかし、今度は家屋の壁に突っ込んでいった。壁を突き破り、お尻だけ出したまま動けなくなっている。「なんだ、こいつ！」と家の中から、怒号が聞こえてきた。

「うわあ、ごめんなさい！」

探雪とへっぽこ犬の探索は、しばらく難航した。

◆◇◆

猫の手が横から殴りかかってきて、風を切る音がする。

光起はとっさに屈み、攻撃を躱した。

「キミ、なんで四季隊にいるわけ？　どうせ、大した志もないんでしょ？」

「……だから、うるせえんだよ」

聞く耳を持つなと、自分に言い聞かせる。わざと苛立つようなことを言っているだけだ。

そう思うのに、妙に胸がざわつく。

猫は相変らず玩具にじゃれつくように、逃げ回る光起を攻撃してくる。

「好きでもないなら、さっさと絵から離れればいいのに」

国芳の声が、耳にまとわりつく。

「俺だって――」

本当は、まっすぐに絵と向き合いたかった。

絵がなくなったこの世界で、それでもまだ諦めたくなかった。

探雪のように、絵が好きだと言いたい。

昔の自分だったら、言えたのだろうか。父と絵を追いかけていた、あの頃だったら。

攻撃を避けながら、ふと苦笑が零れる。

そんなこと、考えて何になる。

父は変わった。でも、自分だって変わってしまったのだ。

上から降ってきた猫の手を、すばやく避ける。

「教えてあげる。絵が好きなら、こんなことだってできるんだって……『上下絵』」

国芳が口にした途端、光起は身体が浮き上がるのを感じた。自分の意思とは関係なく、操られるように宙に放り出される。

猫の手が、再び迫る。空中ではどうすることもできなくて、庇うようにして両腕で攻撃を受け止める。光起は吹き飛ばされ、地面に転がった。

なんとか立ち上がるが、頭がくらくらして視界が霞んだ。

「どうすれば、よかったんだよ……」

自分より絵が好きだと思っていた父が、あるとき突然、その絵を手放したら。

晴れの日も、雨の日も、季節を問わず絵と向き合ってきた背中をずっと見てきたのに。

その背中が見えなくなったら、どうすればよかったんだ。

「早く諦めなよ」

国芳が甘く誘うように囁く。

「……わかってんだよ」

父を見返そうとしていることに、意味がないことも。

絵を規制する側にいながら、絵士に頼らざるを得ない統制官に身を置く父に、結局は絵から切り離して生きられないのだと知らしめたかった。子どもじみた、嫌がらせみたいなものだ。

その先に何もない。

だって、もう前のようには戻れないのだから。

光起は攻撃を避けることを諦めたように、立ち尽くした。

猫の手が迫り、鋭い爪が光る。

けれど、一歩も動けそうになかった。

そのとき、「わふん！」という鳴き声と共に、一匹の犬が目の前に現れた。犬が嚙みつくと、猫は驚いたように鳴き声を上げながら手を引っ込める。

「光起、見つけた！」

声に振り向けば、犬に続いて近くの茂みから探雪が飛び出してきた。

「お前、なんで……」

光起は、目を瞬く。

探雪は境内にさっと視線を滑らせ、巨大な猫と国芳の姿を見た。

猫は嚙みついたままの犬が鬱陶しいというように手をぶんぶん振っている。振り払われた犬は地面に転がった。

探雪はすぐに臨戦態勢に入ろうとする。それを察して、光起が慌てて止めに入った。

「待て！　あの猫、元は町の人だ」

「え？」と、探雪が猫に目を凝らす。すると、巨大な猫の中に見覚えのある姿が見えてきた。

「あ、あの眼鏡。骨董店の兼さんじゃない？」

探雪が呼ぶと、巨体の一部となっていた一匹の猫が反応する。

「探雪くん、助けてくれぇ」

そう訴えながら、巨大な猫から抜け出そうとし始める。

「探雪、助けを呼びにきた女の人、覚えてるか？　その人もあの中にいるんだ」

「え、恵さんもいるの？」

名前が耳に届いたのか、別の助けを呼ぶ声が聞こえてきた。術が解け始めているのを感じ、光起はとっさに唱えた。

「題目、『上下絵』」

猫が足から浮き上がり、反転しながら宙に投げだされる。引き剝がされるようにして、町民たちがひとりまたひとりと個に戻っていく。

その光景を見上げながら、国芳は小さく笑った。

「へえ、驚いた」

　術は完全に解けた。浮かび上がった町民たちが、今度は重力に引き寄せられて、落下していく。

「題目『蜘蛛乃糸』」

　探雪が唱えると、建物や木々の間に糸が張り巡らされ、町民たちを受け止める。全員が無事だとわかったところで、探雪は光起に向き直った。

「ちゃんと、約束守ってよね」

　探雪は、光起の額当てを突き出す。

「お前、もしかして……」

「ちゃんと勝ってきた！　木箱も奪ってきたし」

　すると、その言葉に国芳が反応する。

「キミ、芳年を倒したんだ……」

　探雪は、しまったと口をつぐんだ。光起が呆れたように息をつく。

「この阿保。敵の前でぺらぺら喋りやがって」

「だって、約束しただろ。僕を相棒だってちゃんと認めてよ」

　光起は、思わず目を伏せた。

「……お前は、他のやつと組めよ」

「嫌だ。僕は光起と組みたい」

探雪は、そう言い切る。

「……なんでだよ」

光起が呟くように返す。

「前は、思ってたんだ。もし四季隊に入ることができたら、誰と組んでもいいって。僕は優秀じゃないし、一緒にやってくれる人がいるだけでも有難いことだから。でも、できるなら……もし誰と組むかを僕が選べるのなら……」

額当てを握る手に力が入る。

「僕は、絵を大事に想ってる人と組みたい」

探雪は、光起をまっすぐに見つめながら告げた。

「なんだよ、それ……」

光起は唇を噛みしめる。そんな理由で選ぶなら、自分じゃないだろう。そう言いたかったけど、喉が詰まった。

さらに光起が何か言う前に、探雪が続ける。

「だから、国芳も倒す！」

脈絡のない発言に、途端に光起が眉を寄せる。思わず、脱力しそうになった。

「はあ？　……あのな、お前が考えるほど、甘くねえから。そんな簡単に倒せるような相手じゃねえんだよ」

「ふたりで戦えば、勝てるかもしれないだろ」

「阿保か、お前ひとりが加わったところで、大して変わらないんだよ。俺だって、まだあいつの本気すら引き出せてないっつうの」

「じゃあ、せめて本気を出させる！」

「目的が、がんがん変わってんじゃねえか！」

いつもの調子で言い合っていると、国芳の「よーし、よし」という声が聞こえてきた。

振り向けば、国芳が探雪のへっぽこ犬と戯れている。

「可愛いねぇ。猫が一番だけど、犬も捨てがたいよ」

へっぽこ犬は国芳に頭を撫でられて、あへあへと嬉しそうに尻尾を振っている。

「敵に懐くな！」

探雪と光起の声がぴったりと重なった。

へっぽこ犬が反省したように、探雪のもとへと駆け戻ってくる。

「なんかお前みたいな犬だな」

「…………そうかな」

光起からもそう見えるのかと、探雪は苦い気持ちになる。

探雪は犬を労うように頭を撫でてから、画術を解いた。もわんと煙に包まれて、犬が姿を消す。

柳の木の下にいた国芳が立ち上がる。

「余興は終わった？」

すると、光起が手のひらを差し出した。

「……貸せ」

探雪は、額当てを渡す。それをしっかりと受け取って、光起は続けた。

「とりあえず、今だけ手貸せ」

その言葉に、探雪は頬を緩めた。たとえ今だけであっても、光起からそう言われるのは嬉しい。

光起が額当てを頭に巻く。それから、ふたりで国芳に向き直った。

「いいよ、キミたちと遊んであげる」

国芳が言うなり、後ろに立っていた柳の木から勢いよく蔓が飛び出してきた。探雪と光起は、横に飛びながら左右に分かれる。蔓はふたりの間をすり抜け、地面を叩いた。

「題目『快刀』」

探雪と光起がそれぞれに唱える。宙に線が走り、刀が形作られていく。その間にも、柳から出てきた二本の蔓が探雪と光起に迫る。

もうすぐで描き終わる。刀の先が現れ始め、いつでもそれを握れるように柄の部分に手を添えて待ち構えた。

光起が先に刀を握り、蔓を斬る。少し遅れて、探雪もできあがった刀を掴むと、蔓に立ち向かう。

しかし、斬ってもまた次の蔓が現れる。再び横から襲ってきた蔓を、探雪が刀で迎え打つ。そして、蔓と刃がぶつかった瞬間、鈍い音を立てた刀が折れた。蔓がしなり、探雪の身体を吹き飛ばす。

「探雪……！」

わずかに気が逸れた光起に、もう一本の蔓が横から襲う。受けきれないと判断した光起は、身体を低く屈めることで避けた。宙を切る乾いた音が頭上で響き、蔓はその先にあった灯籠にぶつかった。石の灯籠が砕け、欠片が地面にぱらぱらと落ちる。

探雪は腹を押さえながら、ごほっと咳をした。当たりどころが悪かったのか、呼吸が苦しい。それでも、再び襲いかかってくる蔓に、なんとか身体を起こした。

「題目『豪火』」

噴き出した火炎を避けてから、なぜか蔓はするすると柳の木に戻ろうとする。

ここぞとばかりに、探雪が間合いを詰めようと踏み出す。しかし、足に何かが絡みつく感覚がしたかと思うと、逆さ吊りになっていた。見れば、足に蔓が巻き付いている。あらかじめ地面に蔓を張っておき、間合いを詰めるのを待っていたのだろうと、そこで気付いた。探雪の袂から木箱が零れ落ち、それを別の蔓が弾く。木箱はまっすぐ国芳のところまで飛んでいき、綺麗に手の中におさまった。

探雪は悔しさから叫んだ。

「降ろせ！　題目……」

唱える前に蔓に投げ飛ばされ、探雪は地面に転がる。

「箱も返してもらったし、もういいかな。キミたちと遊んでいても退屈だし」

国芳は手で木箱を弄びながら言う。

「くそ……探雪、あの箱の中身、見てないのか？」

「見てない。あの箱、どうやっても開かなかったから」

それを聞き、国芳が楽しげに口を開く。

「そうだね。この箱を開けるのは難しい。でもキミたちは、ひとつ勘違いをしている」

国芳は、木箱をちらっと見てから続ける。

「これは、開けられる側じゃない」

「開けられる側……？」

探雪が眉を寄せながら聞き返す。

「その箱の方が、何かを開ける側ってことか……？」

光起が言うと、国芳が口元に笑みを浮かべる。

「まあ、そんなとこ。ちょうどいいから、今開けちゃおうかなぁ」

国芳はまるで誰かに聞かせるように、ゆっくりと告げる。

そのとき、国芳に向かって、宙を滑るように小さな影が飛んできた。

国芳はほんの少し顔を逸らして、それを避ける。横目でちらっと見ると、背後にある柳の木に鳥の羽根が突き刺さっていた。

国芳は、羽根が飛んできた方向へと目を移す。

「こそこそ見てないで、さっさと出てくればいいのに」

その視線を辿るようにして、探雪と光起も振り返る。本堂の屋根の上に、笠をかぶった男がひとり立っていた。

境内を風が吹き抜ける。雲に隠れていた月が顔を出し、その男の顔を照らし出す。

探雪は息を呑んだ。

「……兄さん」

顔を見た瞬間、すぐにわかった。その姿も表情も、うまく思い出せなくなっていたはずなのに。

自分に絵を——絵を描く楽しさを教えてくれた兄が。

ずっと探し続けていた兄が、目の前にいる。

探信が笠を指で持ち上げる。

「……探雪か」

探信も静かにそう呟くだけだった。

そのやり取りを聞いていた光起も、ハッとして探信を見つめる。

探雪は一歩前に出た。ずっと会いたかった兄がすぐそこにいるのに、何も言葉が出てこない。聞きたいことも話したいことも、数えきれないくらいあるはずなのに。

すると、国芳が沈黙を破った。

「ねえ、やっぱりこれ返さなくてもいい？」

その言葉は、探信に向けられたものだった。

国芳は木箱を見せつけるように掲げる。

「約束が違うだろう。その箱は返してもらう」

探信が答えるが、国芳は袂に箱をしまう。

「ヤダ。気が変わった」

そのとき、遠くの方から微かに声が聞こえてきた。鳥居がある方だ。おそらく、四季隊の隊員が、騒ぎを聞きつけて応援に来てくれたのだろう。

国芳もそれに気づいたようで、不機嫌そうに鼻を鳴らす。

「蟻んこみたいに、わらわら集まっちゃって」

それからもう一度、探信に顔を向けた。

「退屈だし、オレと鬼ごっこでもする？」

そう言うなり、国芳は茂みの中に飛び込み、あっという間に姿を消してしまった。

探信が小さく息をつき、屋根から木に飛び移り、それを追いかける。

「待って！」

探雪がその背中に向かって叫ぶ。けれど、探信は振り返らない。

せっかく会えたのに、何も聞けずにまた見失うなんて嫌だ。

探雪は勢いよく駆け出した。

「おい、探雪！」

光起も探雪の後に続いた。


ずっと探していた背中を追いかけて、一心不乱に走る。

茂みの中を掻き分けるように進み、不意に開けた通りに出た。川沿いの道だ。大きな川が、夜の中で静かに揺らいでいる。

少し先に、探信の背中を見つけた。わずかに距離は縮まったものの、まだ遠い。

「兄さん、待って！」

張り裂けそうな思いで、探雪は呼ぶ。その声にようやく探信は足を止め、ゆっくりと振り返る。それでも線を引かれたようで、探雪もその場で足を止めた。追いついた光起も足を緩め、後ろに控える。

すると、探信がおもむろに口を開いた。

「……探雪、今すぐ絵をやめろ」

探信が静かに、そしてはっきりと告げた。その言葉に頭を殴られたような感覚がして、視界が揺れる。

「それ……どういう、意味……」

探雪は、ようやく絞り出すように声にした。

そのとき、後ろから「あっちだ」という声と、近づいてくる足音が聞こえてきた。その気配に探信は身体を翻し、土手を駆け下りる。呟くように題目を唱えると、瞬く間に川に舟が現れた。探信はそれに飛び乗ると、風を生み出して川を渡っていく。探雪が川辺に降りる頃には、探信は向こう岸に着いていた。

「待って……！」

行かないで。『絵をやめろ』なんて、そんな言葉だけを残して、行かないで。

追いつけないとはわかっていても、題目を口にする。岩を水上にいくつも具現化し、それを飛び移るようにして、川を渡っていく。呼吸が浅くなるのを感じながら、兄の背中を追いかけた。

絵の楽しさを与えてくれた兄が、絵をやめろと言った。それを拒絶するように、鼓動がどくどくと脈を打つ。岩を飛ぶ度に、さっきの言葉が何度も頭の中に響いた。

胸に大きな悲しみが押し寄せる。頭の中に思い描いていた岩の絵は消え去って、降りしきる雨の景色が浮かんだ。

次の瞬間、一瞬にして巨大な雨雲が空を覆い、雨が降り注いだ。胸に悲しさが募るほど、体中に力が湧いてくるのを感じる。水量が増した川は、波紋を起こしながら大きく揺れた。もう少しで向こう岸に辿り着ける。けれど、燃料切れを起こしたかのように身体に力が入らなくなった。

『絵をやめろ』

兄の言葉が、脳内で反響した。

飛び移った先で、岩が砕けて粉となる。信じていたものが崩れ去る音が聞こえたようだった。足場を失い、探雪は濁流の川に落ちた。

「探雪……!」

暗い水の中で、光起が呼ぶ声が耳に届いた。

何かを求めるように手を伸ばす。

そのまま、意識はだんだんと薄れていった。

◆◇◆

目を覚ますと、見慣れた天井が視界に入った。

どうやら、寮の自分の布団の上のようだ。そう気づいたものの、記憶があやふやで、今がいつなのか、どうしてここにいるのか、すぐには思い出せなかった。

「起きたか」

顔だけを動かして、声がした方を見る。すると、壁に寄り掛かるようにして座っていた光起と目が合った。

光起が珍しく心配そうな顔をしている。その表情を眺めるうちに、だんだんと記憶が戻ってきた。

「……兄さんは？」

掠れた声で探雪が尋ねると、光起が眉を下げる。

「……悪い。逃げられちまった」

「そっか……ありがとう」

「なんで逃げられたって言ってんのに、ありがとうなんだよ」

「助けてくれたの、光起でしょ」

川から引き上げてもらったときのことも、うっすらと思い出せた。川辺で一度、意識を取り戻し、再び気を失ったのだろう。

「俺だけじゃない。守景さんや一蝶さんの手も借りた。みんなお前のこと、心配してるよ」

窓の外を見れば、空が夕日で赤く染まっている。昨夜から、ずいぶんと長いこと眠っていたようだ。

「何か食べられそうか？」

光起が気を遣ってくれるので、探雪は少しだけ居心地が悪くなる。

「たぶん……」

「なんか持ってきてやるよ」

「うん、ありがとう」

光起は小さく頷いただけで、腰を上げた。

しばらくして、光起がお粥を持って部屋に戻ってきた。その後ろから、守景と一蝶も顔を覗かせる。

守景と一蝶が傍に腰を下ろし、探雪も身体を起こした。

「気分はどう？」

探雪がお粥を食べ終わったところで、守景が尋ねる。

「もう大丈夫です。心配かけてすみません」

「なら、よかった。本当に無事でなによりだよ。でもね、探雪……」

元気な姿を見て安心したのか、守景のお説教が始まる。

「いろいろと無茶し過ぎ。川に沈んでいくのを見たときは、こっちがどうにかなるかと思ったよ。探雪はひとつのことしか見えなくなって、突っ走る癖がある。気をつけてもらわないと」

「うっ……すみません」

「これからは何か行動に移す前に、一回考えること」

「はい、気を付けます……」

肩を縮める探雪を見て、守景が黙る。

けれど、光起が口を挟んだ。

「こいつの性格だと、それくらいじゃ直りませんよ。もっと言ってやってください」

嫌味っぽく言われ、つい探雪はムッとなる。

「なっ……！　光起には言われたくないよ」

「お前が底抜けの阿保だから、言ってやってるんだろ。この天然級のど阿保が」

「阿保阿保、言わないでよ！」

いつものように言い合っていると、これまたいつものように守景が間に入る。

「ほら、そこまで！　今回は、光起が言いたくなる気持ちもわかるけどね。これだけ心配させられたら、怒りたくもなるよ……ほんと、ちゃんと反省してるんだか」

「こいつ、絶対にわかってないですよ」

「まあ、いくら探雪でも、これだけ言えば……」

守景と光起が話す横で、いつの間にか一蝶が探雪に団子を食べさせようとしている。

「ああ、もう！　一蝶の餌付け癖が……！」

守景が、堪らず団子を奪う。

「そうやって、一蝶はすぐ甘やかすんだから。それじゃ、探雪のためにならないだろ。ほら、一蝶からもなんとか言ってやって」

守景に言われ、一蝶が探雪を見つめる。

「探雪……めっ」

まるで子どもを窘めるように一蝶が叱る。

光起と守景が笑いを堪えるので、探雪は居たたまれない気持ちになった。なんだか気恥ずかしくて、どんなお説教よりも効き目があるかもしれない。

「すみませんでした、本当に反省してます」

探雪が改めて頭を下げると、守景が仕切り直すように姿勢を正した。

「まあ、お説教はここまでとして。本調子じゃないのに悪いんだけど、昨夜のことは思い出せる？」

「はい、大体のことは」

「大雨を降らせたときのことも？」

「え？」

てっきり探信のことを聞かれるとばかり思っていたので、探雪は目を瞬いた。

「やっぱり無自覚なのか……」

「どういうことですか？　〝雨を降らせた〟って、まるで僕が降らせたみたいな言い方ですし……」

「おそらく、そうだよ。明らかに、画術の能力だった」

「まさか……」

そう言われても、探雪は信じられない気持ちだった。一瞬にして大雨を呼び、川を濁流に変えるなんて、そんな力が自分にあるとは思えない。

「本当に心当たりはない？」

「いえ、全然……」

否定しかけて、ふとあのとき感じた大きな感情の波を思い出す。探信から言われたあのひと言が悲しくて、苦しくて、大雨を想起したことを。そして、身体中を駆け巡るような大きな力が湧いたことも。

「え……本当に僕が……」

「少しは覚えがあるみたいだね。あれだけの力を使ったんだ。途中で気を失ったのはたぶんそのせいだよ」

画術には体力のようなものがあり、無限ではない。鍛錬によって上限を引き上げることはできるけれど、使い切ってしまえば回復するまで術は使えない。

「戦闘で使っていた分もあるはずなのに、感情の起伏につられて力の底上げが起きたんだろうね。あんなに大きな力が出ることは、そうないはずなんだけど……」

話しながら、守景は神妙な面持ちになる。

言われて、探雪は自分の身体に意識を集中してみた。そこで、ようやく違和感に気づく。

「……だからなんですかね。起きたときから、身体が空っぽっていうか。まるで力が湧いてこなくて……」

その言葉に、一蝶が反応する。

「探雪……画術を使ってみて。何でもいい。簡単なものでいいから」

「え？　わかりました」

戸惑いつつも、探雪は何か適当なものがないかと少し考えてから口を開く。

「題目、『花一輪』」

唱えながら思い描くと、傍にあった空の花瓶に花が現れる。けれど、その花弁はすぐにしおれ、水分を急激に失ったように枯れていき、やがて消えてしまった。

「どうして……」

探雪は同じ題目をもう一度唱えてみる。今度は花を描く線が現れ、それを形作る途中で消えてしまう。

そこで、一蝶が画術を使ってみるように促した意味を理解した。

「一蝶さん、もしかして僕……画術が使えなくなってしまったんですか?」

第三章――もろともに

Fugaku Hyakkei Graphiattle

今でもたまに夢に見るのは、自分よりひとまわり大きな手のひらのことだ。

広い世界へと、自分を導いてくれる手。

それだけで、守られているような温かさを感じる手。

その温もりも、家を出ていく背中も覚えているのに、どんな表情をしていたのかは思い出せない。

あれは、絵画が規制され始めてすぐのこと。

あの日、家族との縁を断ち切ろうとしていた兄に、大好きだった絵を贈った。

いつだったか、兄と川辺で見た満開の桜の絵だ。

絵を受け取った兄は、頭を優しく撫でてくれた。

「探雪、本当にお前の絵は――」

あのとき、兄はなんて言ったんだっけ。

浅い眠りから、現実に引き戻されるようにして目が覚めた。

隣を見れば、布団は綺麗に畳まれていて光起の姿がない。窓から見える空は薄い青で、まだ日が昇り始めて間もないのだろうとわかる。今日、光起は守景や一蝶たちと見回りに出ると言っていた。おそらく、もう出発した後なのだろう。もう一度、寝る気にもなれず、探雪は身体を起こして身支度を始める。

画術が思うように使えなくなってから、数日が経過した。

一蝶によれば、画術が使えなくなったのは、心理的な要因らしい。思い描くことで能力を発動する画術は、絵とは心で描くものという本来の心得を土台にしている。そのためか心理的なことが起因となって、能力が発動できなくなることはたまにあるそうだ。そう言われれば、思い当たることはひとつしかない。

『絵をやめろ』。兄から放たれたあのひと言が棘のように胸に刺さったまま、消えてくれない。あれが他の誰かが言ったのなら、おそらく問題はなかったのだろう。唯一、否定されたくなかった兄に言われたからこそだとわかっていた。

画術が使えないとなれば四季隊の活動にも参加できないので、寮での待機を命じられている。休養を優先するようにとも言われているが、一日中部屋にいるのも落ち着かない。身体がなまらないようにと、寮の掃除や炊事の手伝いをすることで気を紛らわせた。

光起は、臨時の対応として、守景や一蝶など他の組に加わる形で活動に当たっている。

ちゃんと相棒として認めて欲しいと宣言したばかりだというのに、光起と一緒に行動することすらできない。他の同級生も、それぞれに活躍しているようだ。周りばかりに目がいき、ますます焦ってしまう。

夜になり、昼の活動を終えた隊員たちが寮に帰ってきた。どうにも居心地が悪く、探雪は自室へと引き戻る。

ふと、空のままの花瓶が目に留まる。もしかしたら、画術が戻っているかもしれない。そんな期待を込めて、探雪は題目を唱えてみる。一輪の花が綺麗に咲いたが、数秒も待たずに消えてしまった。

もし、このまま画術が戻らなかったら。そんな考えが頭を過り、ため息が零れそうになる。救いを求めるように窓際に腰を下ろして、外の景色を眺めた。澄んでいるはずの夜空も、どこか濁って見える。

「灯りも点けないで、何してんだよ」

声に驚いて振り返れば、光起が帰ってきたところだった。

「お帰り……ごめん、すぐ退く」

寝台があることもあって、窓際はなんとなく光起の場所になっている。端の方に寄っていたものの、探雪は移動しようとした。

「別にいいよ」

ぶっきらぼうな口調だったけど、光起がそう言ってくれたので、探雪は上げかけた腰を再び下ろす。灯りをつけることもせず、光起も窓際に座って窓の外を眺めた。月があるので、今日は暗い方が外の景色はよく見通せる。

ここのところ、光起は夜の見回りにも出ていたから、ちゃんと顔を合わせるのは久しぶりな感じがした。しばらくお互いに黙ったまま、ただぼんやりと外を眺めた後で、光起がおもむろに口を開いた。

「……庭の木、花が咲かなかったな」

言われて、探雪は庭の木に目を向ける。そういえば、去年の今頃は、白い花が咲いていたはずだ。

「今年は桜もほとんど咲かなかったし……町の人も気が滅入ってるよね。争いごとばっかりで町も荒れてるし」

「そうだな……って言うか、お前もな」

「え？」

「柄にもなく落ち込んでんじゃねえよ」

「落ち込んでない」

「嘘つけ」

強がってみたものの、光起に一蹴される。

「……兄貴、なんだっけ？　前に探してる人がいるって言ってたよな」

「うん……僕が小さい頃に家を出たきりで、ずっと探していた。僕に絵の楽しさを教えてくれた人でもあるんだ」

　そして、絵で誰かを幸せにしてきた人。記憶の中の兄は、そういう人だ。その背中をずっと追いかけてきたはずだった。

「もしまた会えたら、まだ絵を続けてるよって言いたかった。たくさん話をして、こんな世の中だけど、まだ絵を諦めてないって、そう伝えたかったんだ。兄さんも、きっと同じ気持ちだろうと思ってたんだけど……」

　記憶の中の兄と、今の兄は同じなのだろうか。

　中には、探信が倒幕派についたのではないかと噂する人もいる。探雪が弟だと知る人たちは、面と向かって言ってくることはないが、どうしたって噂は耳に入ってくる。

　倒幕派につくような人ではないと叫んだところで、それはただの願望なのかもしれない。

　それでも探雪が知っているのは、幼い頃に過ごした日々の中にいる優しい兄だけだ。信じたい気持ちと、それを支えるだけの材料がないという事実との間で、ぐらぐらと揺れていた。

「僕は、昔と変わってないはずだって信じてるんだけど……」

　弱々しい声で探雪が呟く。

「お前がそう思うなら、そうなんじゃねえの……って言ってやりたいところだけど、人は変わるからな。俺は、それを嫌って言うほど知ってるし……」

思い出す人がいたのか、光起は苦々しい顔をする。

「……お父さんのこと？」

今なら教えてくれるかもしれないと思い、探雪は尋ねてみる。

「まあな……うちの家もさ、代々みんな絵に携わってきたんだ。あの親父だって、昔は土佐家の復興のためにって、来る日も来る日も絵を描いていた。俺にとって、その背中は遠かったけど……いつか追いついて、俺も力になるんだとか思ってたよ。けど……」

光起はそこで言葉に詰まった。

それでも、窓の外を見つめたまま続ける。

「規制が始まったんだ。最初のうちは親父も絵を諦めなかった。でも、あるとき突然やめた。ずっと続けてきた絵を手放して、あろうことか規制する側に回ったんだ。それを機に、家のほとんどの人も絵を諦めた」

「それで、光起は家を出たんだね……」

「ああ、それから当てつけのように四季隊に入った。それも、もう意味はない……」

光起は、昔の父親の背中を今も追いかけているのかもしれない。

変わらないでいるはずだと信じて、兄を追いかけている自分と同じように。

「絵が自由に描けるようになれば、また一緒にできるかもしれないよ」

励ますように言ってみるが、光起は寂しさを滲ませる。

「どうだろうな……」

それから取り繕うように、少しだけいつもの調子に戻った。

「……ってか、お前は人の心配なんてしてないで、自分の心配をしろよ」

「そうだよね。このまま画術が使えないと、四季隊にいることさえできなくなるかも……」

途端に自分が置かれている現状を思い出し、探雪は肩を落とす。

「光起を認めさせるどうこう以前の問題だよ」

「それ、まだ言ってるのかよ……」

「何度でも言ってやる」

負けじと言い返すと、光起が小さく笑う。

「……そのうち、前みたいに画術も使えるようになるだろ」

そっけない言い草だったけれど、そこに友人らしい思いやりが見て取れた気がした。

「もしかしてさ……光起、今励ましてくれてる？」

「はぁ？　別に励ましてなんかねえよ」

「素直じゃないやつ」

「お前なぁ……珍しくへこんでるから、ちょっと優しくしてやったら……」

「光起だって、へこんでたじゃん」

「へこんでねえし」

そうやって軽口を叩くうちに、いつの間にか心も少し軽くなっていた。

そのうち画術が使えるようになるはず。そう言ってくれた光起は、もしかしたらそれまで待ってくれるつもりなのかもしれない。

「……うん、そう思うことにしよう」

探雪のひとり言に、光起が首を捻る。

「題目『繚乱』」

不意に、探雪が唱える。庭の木に、今は咲いていない白い花を思い描いた。すると、蕾が膨らみ、時間を早送りしたかのように花が開いた。いくつもの白い花が月の光を受けて咲き誇っている。

「力、戻ったんじゃないか……？」

光起が驚いたように言う。

けれど、花は風に揺られ、流されるままにひらひらと散っていく。木から離れた花びらは、次々と線に戻り消えていった。

「やっぱり、まだダメみたい。今なら、いけそうな気がしたんだけどな」

探雪は苦笑をこぼす。だけど、昼間よりは取り戻した実感はあった。

「まあ、少しずつだろ……」

光起が、隣で呟く。

弱った力を示すように、花びらが次々と散っては消えていく。

けれど、今はなぜかそれすらも綺麗に映った。

それから数日後、守景が呼んでいるという言伝を受け、探雪と光起は部屋を訪ねた。

けれど、部屋にいたのは一蝶だけだった。

「ごめん、急な用事が入って、守景出ちゃったんだ。代わりに俺から伝えるように頼まれてるんだけど……ふたりにお使いだって」

ふたりを迎え入れるなり、一蝶が説明を始める。

「お使い、ですか？」

首を捻る探雪に構わず、一蝶が細長い箱を差し出す。

「はい、これ」

探雪が受け取り、そっと開けてみる。中には、筒のように丸められたものが入っていた。

見た目からして、掛け軸だろうか。

「それを伊藤若冲っていう人に届けてきて欲しいんだ」

「伊藤若冲って、あの？」

光起が聞き返す横で、探雪も聞き覚えのある名前だと思った。今でも隊員たちの間でその名前が挙がるほど、有名な絵師だったはずだ。

「大事なものだから、くれぐれも慎重かつ内密に。届け先の場所はそこに書いておいたよ」

続いて、一蝶は紙切れを光起に渡す。

「……これで、どうやって辿り着けっていうんですか」

紙に目を落とした光起が顔をしかめる。探雪が一緒になって覗き込むと、すごく大雑把な地図が描かれていた。山を表しているらしき線と、その上の方に矢印が引っ張ってあって、『ここ』と記されている。

「ごめんね。あんまりしっかり描くと、絵だと思われて統制官に目をつけられかねないから。統制官には内緒だから、申請もできないし」

弁解してから、一蝶は顎に手を置いた。

「あとは、なんて言ってたかなぁ……えっと、頑張ってってって」

にっこりと微笑みながら、一蝶が締めくくる。こうしてなんとも緩い感じで、お使いという名の任務を遂行することになったのだった。

橋を渡り、町を出る。当てにならない地図はしまいこんだまま、口頭で聞いたいくつかの目印を頼りに目的の場所へと向かった。

◆◇◆

山をひたすら登り続け、その中腹まで来たところで、開けた場所に出た。目の前に広がる畑を抜け、さらにその奥に進んでいくと一軒の家が建っていた。

玄関の前に立ち、探雪が声をかける。

「ごめんくださーい」

しかし、何度呼んでもいくら待っても、家主は出てこない。

「すみません、届け物があって来たんですけど……」

仕方なく、戸を開けて中を覗き込んでみる。すると、一羽の鶏が出迎えるように式台の上に立っていた。

「え、鶏……？」

鶏はコケッと鳴きながら、その羽を廊下の奥へと向ける。

「中に入っていいって言ってるみたいだね」

探雪が言うと、光起は眉を寄せる。

「相手は鶏だぞ？　都合のいい解釈するなよ」

躊躇していると、鶏は下に降りてきて探雪の服をくちばしで摘まみ引っ張り始めた。

「ほら、やっぱり入れって言ってるんだよ」

探雪が鶏に促されるまま、家の中へ入る。

「面倒なことになっても、知らないからな」

光起も渋々その後に続いた。

鶏は案内するように、先に立って廊下をてくてくと歩いていく。その後を追うと、やがて広々とした和室の前に辿り着いた。開け放たれた襖からその中を覗き、探雪も光起も息を呑んだ。

部屋は、あらゆる画材や絵画で埋め尽くされていた。壁際には、何枚もの絵が積み重ねられ、紙の山がいくつも並んでいる。大量の絵はそれに掛けた時間を物語っているはずなのに、それが膨大過ぎるために、反対に時間を置き去りにしたような雰囲気が漂っていた。

「これ、全部ひとりで描いたのか……？」

「一体、どんな人が描いたんだろう……」

圧倒され、ふたりして呆然と立ち尽くしてしまう。

「お前らが、お使い役のふたりか？」

突然、背後から降ってきた声に、探雪も光起も驚いて振り返る。

いつの間にか、男がひとり立っていた。まるで気配がなかったのに、いざ向き合ってみると、そこに佇んでいるだけでなんともいえない存在感がある。

「悪いな。こいつを集めてて、出迎えが遅れた」

見れば、手には卵がいくつも入った籠が抱えられている。

「若沖さん、ですか？」

探雪は尋ねつつも、確信していた。きっと、この人が部屋中に書き溜められている絵を描いた本人なのだろう。

「ああ、そうだ。それで、例の品は？」

探雪がハッとして預かっていた箱を渡す。

若沖は箱に入っていた掛け軸を取り出して広げる。そして、それを眺めながら思いっきり鼻の下を伸ばした。

「あ〜、やっぱりこの緩やかな曲線が堪らないんだよなぁ」

途端に、若沖はうひょうひょとご機嫌になった。

探雪の「え？」と光起の「は？」という戸惑いの声が重なった。

「ほっそりとした足も良いが、それもこのふくよかな体の線との対比があってこそだ……」

唖然とするふたりをよそに、若沖はひとりですらすらと喋っている。

光起は顔を引きつらせながら呟いた。

「……思い出した。伊藤若冲、凄腕の絵師だけど、かなりの変人だって……」

「よ、世の中にはいろんな人がいるんだね……」

探雪も呆気に取られながら小声で返す。

すると、ふたりの視線に気づいた若冲が顔を上げた。

「……なんだお前らも、見たいのか？　まあ、お前らも絵士なら、興味があって当然だろうな」

「もしかして、それ絵の掛け軸なんですか？」

興味津々に、探雪が聞き返す。

「まあな。でも、この良さを理解するには、お前たちは少し若すぎるかもしれないなぁ。なんたって大人の嗜みだからな」

意味ありげに、若冲が言う。

「見たいです！」

探雪が勢いよく答える。一方の光起は渋い顔をした。

「やめとけ。どうせ……」

「いいだろう。ひとり占めするものでもないからな」

光起の声を無視して、若冲が言う。

「とくと見よ」

若冲が持っていた掛け軸をふたりに見えるようにくるりと翻(ひるがえ)す。念のため、光起はさっと手を伸ばして、探雪の目を覆(おお)う。掛け軸に描かれていたのは、鶏の絵だった。

「鶏かよ！」

光起は思わず声を荒(あら)らげる。

「お前、何を想像したんだ？」

若冲がにやりと笑う。

からかわれたのだと気づき、光起は歯ぎしりした。

「くっそ腹立つ……！」

「自分で描くのが一番だが、人が描いた鶏もまた絶景……！」

恍惚(こうこつ)とした表情で、若冲はまた絵を眺める。

「鶏がいる世界に生まれてよかった。世界に感謝」

それから足元にいた鶏を抱(だ)きあげ、そのお腹に頬(ほお)ずりをした。

「探雪、帰るぞ……ああいうのは、関わらないのが一番だ」

「そうだね……お使いはきちんと果たしたし」

小声で相談し合って、若冲を振り返る。

「じゃあ、若冲さん、僕たちはこれで……」

さっさとお暇(いとま)しようとするふたりの肩(かた)を若沖が掴(つか)む。

「待て。どこに行くつもりだ。さっそく始めるぞ」

「始めるって、何をです……？」

探雪がおずおずと聞き返す。

「そりゃ、お前たちの修行だろう？」

目を瞬(また)くふたりに、若沖も眉(まゆ)をひそめる。

「なんだお前たち、まさか知らないでここに来たのか？　この絵だって、修行をつけてやる代わりにって、持たされた品のはずだぞ」

探雪と光起は、思わず顔を見合わせる。出発前の一蝶とのやり取りを思い出してみるが、やっぱりそんなことを聞いた覚えはない。

同刻、守景と話していた一蝶は、「あ、修行だって言うの忘れた」と呟いたのだった。

◆◇◆

若沖に連れられて、森の中へ入る。

「探雪は、画術が思うように使えなくなったらしいな」

先を歩いていた若沖が、ちらっと振り返りながら言う。

「はい。少しずつ戻ってきてはいるんですけど、まだ前のようにはいかなくて……」

あれから簡単な術であれば使えるようになったが、まだ全快とはいかない。もともと得意な方だった自然系の術すら思うように扱えないのは、心を蝕むような辛さがあった。修行という名目だけれど、画術がなかなか戻らない自分に対する守景の気遣いなのだろうと、探雪は考えた。

「手は貸してやれるが、これぱっかりは自分で乗り越えるしかないからな」

前に向き直りながら若冲が返す。

話しているうちに、開けた場所へ出た。周りは木々に囲まれているが、空き地が広がっている。

「よし、手始めに課題でもひとつ出すか。まずは、こいつを捕まえてみろ」

題目を唱えることもせず、若冲の足元に鶏が一羽現れる。

「攻撃はあり？」と、光起が質問する。

「ああ、なんでもありだ」

「ふたりで一羽ですか？」と、探雪も続けて聞く。

「ああ」と、若冲がもう一度頷いた。

「鶏一羽くらい、俺ひとりでも捕まえられるけどな」

光起の言葉に、探雪がぴくっと反応する。

「捕まえるだけなら、僕だってひとりでできるよ。なんなら、先に捕まえる」

なんだか悔しくて競うように言う。

すると、光起も火が付いたようで、対抗するように返した。

「じゃあ、どっちが先に捕まえられるか勝負な」

ふたりのやり取りを見ていた若冲は、小さく息をつく。

「まあ、頑張れや」

若冲が告げると同時に、鶏が駆け出した。探雪も光起も、一斉に追いかけ始める。

若冲は傍にあった岩に腰を下ろし、その様子を観察することにした。

少し走ったところで、鶏はふと足を止める。光起がすかさず蔓を具現化して、背後から捕まえようとする。鶏は軽くそれを避けて、再び走り出す。探雪が囲うように土の壁を作ると、進行方向を変えて逃げる。速度を上げて走り出したところで、光起がその前方に草の網を作り出した。猛進していた鶏はすぐには止まれず、そのまま網に向かっていく。

「もらった！」

手応えに光起が声を上げるが、鶏は網に捕まる直前で羽を広げた。そのまま網を躱して、空高く羽ばたいていく。その姿に、探雪と光起も呆然と空を見上げた。

「なっ……なんで鶏が飛ぶんだよ！」

光起が、若冲に抗議する。

「何言ってるんだ。絵なんだから、自由でいいだろ」

若沖はあぐらをかいて、片肘を付いたまま受け流す。

けれど、瞳の奥は真剣そのものだった。

「想像力が足りないんじゃないのか、小僧ども」

若沖が言うと、地面が揺れて砂に波紋が広がる。何かとてつもなく大きな黒い影がそこから出てきたかと思うと、それは巨大な鯨だった。砂から飛び出した鯨は空中で翻ると、そのまま砂の海へと帰っていく。その傍らで、枯れ木にくるったように花が咲き乱れ、花開いては散った。

探雪も光起も、若沖の力に言葉を失った。

「……ま、気長に頑張れや」

若沖が軽い調子で言う。

目の前の光景に放心している間に、鶏は空から降りてきて、再び地を駆け回り始めた。

探雪と光起は我に返って、再び鶏を捕まえようと奮闘し始めた。

◆◇◆

日が暮れ始めても、探雪と光起はまだ鶏を追いかけていた。

若沖の目には、捕まえるどころか、鶏に遊ばれているように見える。息を切らしているふたりに対して、鶏はまだ元気よく走り回っていた。

そろそろ潮時かと、若沖は腰を上げる。

「今日はここまでにしよう。じきに日が暮れる。帰って夕餉にするぞ」

しかし、探雪も光起もまだ諦めきれていないようだった。

「まだ、やらせてください！　光起もやるよね？」

「ああ、もう少しやれば捕まえられるはずだ」

張り切るふたりを、若沖が止める。

「ダメだ。修行中の規則その一、食事は全員で一緒に取る」

しかし、ふたりは取り合わない。

「食事なんて後でいいから」

「光起、作戦立てよう」

「ああ、さすがに、ふたりがかりで捕まえられないとかあり得ねえよ」

聞く耳を持たないふたりに、若沖のこめかみに青筋が走る。

「お前ら、もう一度言うぞ……」

若沖が呟くと同時に、地面がぐらぐらと揺れた。土が盛り上がり、みるみるうちに大きなかたまりとなって、それを見上げる探雪と光起に影を落とした。一瞬にして、若沖の背後に巨大な釈迦像が現れた。

「……ご飯は一緒っ！！！」

若沖が拳を握り締めながら告げる。

探雪と光起は、コクリと頷いた。

「は、はい……すみません」

「よおし、とれたての卵で美味いもん作ってやるからな」

機嫌を取り戻して、若沖が鼻歌交じりに歩き始める。

「あのおっさん、絶対に強いよな」

後ろに続きながら、光起が若沖に聞こえないように囁く。

「うん、若沖さんは怒らせない方がよさそうだね」

探雪も小声でそう返す。

底知れない力を秘めた若沖の背中を見つめながら、家までの道のりを歩いた。

◆◇◆

翌日から、同じ課題を繰り返す日々が続いた。

若沖のところへ来てすでに三日が過ぎたが、この日も鶏を捕まえることができないまま日暮れを迎えた。

囲炉裏を囲み、夕餉を取った後で、ふと光起が若沖に尋ねた。

「そういえば、和室にある絵や画材って、統制官に見つかったらどうするの？」

「ん？　ああ、もし役人が来ても、すぐに隠せるように準備はしてあるさ。まあ、こんな山奥でひとり孤独に暮らす人間の絵まで取り締まる暇なんて、今の幕府にはないんじゃないか？」

お茶をすすってから、若沖は思いついたように「そうだ」と切り出した。

「お前らも、和室にある画材、好きに使ってもいいぞ」

「本当ですか⁉」

探雪が思わず前のめりになる。

「光起、今から描こうよ！」

目を輝かせながら、腰を上げる。

「いや、俺は……」

「いいから！」

探雪に後ろの襟を引っ張られ、光起の身体は後ろに傾いた。

「お前……そこ掴むな」

結局、探雪に促されるまま、光起も和室へ向かった。

筆や墨を用意し、紙を広げたところで、鶏がてくてくと和室にやって来た。そして、自分を描けと言うように、探雪と光起の間で立ち止まり、堂々と胸を張る。

「ふふ、描いてもいいってよ」

探雪が鶏の気持ちを代弁する。

「仕方ねえから、こいつ描いてやるか」

あれこれ話しながら、ふたりして鶏を描いていく。そのうちに、ただ純粋に楽しいという気持ちが湧いてきて、兄の言葉を気にして沈んでいた心も軽くなっていた。

しばらく描き進めたところで、若冲が様子を見に顔を出した。

「ほう、よく描けてるな」

若冲がふたりの絵を覗き込む。

「そういえば探雪、こっちに来てから鳥獣系の術を使ってないよな」

「それは……もともと、僕は鳥獣系の術があまり得意じゃなくて……」

すると、やり取りを聞いていた光起が口を挟む。

「自然系の術はある程度まで戻ってきてるんだし、やってみれば？」

「そうだね……」

背中を押され、傍にいた鶏をちらっと見てから題目を唱える。探雪の傍に、もう一羽、具現化された鶏が現れる。けれど、傍にいる本物の鶏とはまるで異なる、まんまるとした体だ。鶏は自分の足で立っていられないのか、こてんと倒れる。若沖の鶏につつかれ、畳の上を転がり始めた。

「お、戻ってんじゃん」

光起が声を弾ませるが、若沖は顔をしかめる。

「いや、戻ってないだろ」

「あの、若沖さん、いつもこんな感じなんです……」

探雪が気まずそうに言う。

「でも、戻ってきてるみたいでよかったな」

「うん、いつの間に……」

呟きながら、探雪はここに来てからの日々を思い出す。修行という形であっても、光起と一緒に課題をどう乗り越えるか考えられるし、絵の話もできる。そして、絵を教えてくれる若沖の存在もある。まだ絵を続けたいと、自然とそう思うことができている。

そのことを自覚して、探雪はそっと頰を緩めた。

その傍らで、若沖は何やら考え込むように顎に手を当てた。

「……なるほどな」

それから、探雪が実際に紙に描いた絵にもう一度、目を向けた。模写はうまくできている。その差異が引っかかった。

「実際に紙に描いたときと、ずいぶん離れてるんだよな。紙に描けない者が画術はうまく扱えるということはあるが、その逆はあまりないはずなんだが……」

若沖はひとり言のように呟く。それから、探雪に投げかけた。

「探雪、動物は好きか？　過去に何か嫌な思いをした経験はないか？」

「いえ、特には……動物は好きですし」

光起は前に話したことを思い出し、間に入る。

「昔、犬に手を噛まれたって言ってなかったか？」

「そうだけど、それもうろ覚えだし……そんなことがあった気がする、くらいのことなんだよね」

探雪は記憶を辿るが、うまく思い出せないようだった。それを見て、若沖は別の質問をする。

「画術が使えなくなる前に、大きな力を使ったらしいな。そのときは、どんな感じだった？」

「どんな……えっと、すごく悲しくて、苦しい気持ちになって、頭の中に雨の景色が浮かんだんです。それで、なぜか急に力が湧いてきて……」

答えてから、質問の意図がわからず探雪は不思議そうな顔をする。

すると、若沖が静かに口を開いた。

「探雪……俺の鶏ちゃん、捕まえてくれ」

「へ？」

言われて鶏を振り返れば、墨を踏んだ足でそこら中を歩き回っている。

「うわあ、待って、待って！」

探雪が慌てて鶏を追いかける。鶏は遊んでもらっていると勘違いしているのか、楽しそうに逃げ回った。

若冲は神妙な面持ちのまま背中を向けて、和室を出て行く。

「……少し予定を変えるか」

小さく呟いたその声を、光起だけが拾っていた。

◆◇◆

夜が明け、空に日が昇り、森の中には柔らかい日差しが降り注いでいる。

探雪と光起は、また鶏を追いかけていた。

木の上から飛び降りながら、探雪が草の網を作り、鶏に向かって放り投げる。

コケッと鳴いて、鶏が急発進で逃げ出す。

「光起、そっち行った！」

探雪が着地しながら、光起を振り返る。

「任せろ」

光起が地面に手をつき、画術を発動する。蔓でできた輪の中心に、鶏の足が入った瞬間に、蔓がぎゅっと縮まりその足を捕まえた。「コケーッ！」と鳴き声を上げながら、鶏は逆さ吊りになった。

「やった、捕まえた！」

探雪と光起はひと喜びした後で、鶏を解放する。

「よくやった。課題、達成だな」

若冲が術を解いて、鶏が消える。

岩に座ったままの若冲に、探雪は笑顔を向けた。

「若冲さんのおかげで、力もだいぶ復活しました。これなら、四季隊の活動に支障はないと思います。ありがとうございました」

探雪がさっと頭を下げる。

けれど、若冲は頬杖をついたまま、白けた顔をしている。

「これで終わりだと思ってるみたいだけど、まだやるからな」

「え、でも、四季隊の活動にそろそろ戻らないと……」

言いながら、探雪はちらっと光起を見る。

「そうだよな。いつまでもここにいるわけにはいかねえよ」

光起も同じ気持ちのようだが、若沖はそれを認めない。

「いや、お前らの面倒を見るように任されて、引き受けたからには中途半端に帰すようなことはしない。俺が納得するまでは、続けてもらう。いくらでも、この山にいたらいいさ。十日だろうと、十年だろうとな」

「じゅ、十年……」

探雪は呟きながら、若沖の顔色を窺う。笑みを浮かべているが、瞳の奥が笑っていない。冗談でもなんでもないのだろうと、探雪も光起も悟った。ふたりはちらっと視線を交わすと、一斉に振り返って逃げ出した。

「おう、待て待て」

若沖は腰も上げずに呼び止める。ひたすらに走っていた探雪と光起だったが、不意に足をすくわれ、気が付いたときには世界が逆さまになっていた。足に絡まる蔓を見て、自分たちが鶏を捕獲したときと同じように、捕まったのだと気づく。

「くっそ……！」と、光起が毒づく。

若沖もようやく腰を上げて、逆さ吊りになったふたりの傍に来た。

「逃げても無駄だぞ。山中にいろいろな仕掛けをしてあるからな」

「え、山中……？」

「そう。この山、全部俺の私有地だから」

さらっと若沖が告げる。

逃げ道はないのだと知り、探雪と光起の顔からさっと血の気が引いていった。

◆◇◆

場所を移して、三人は滝の上に来ていた。

下を覗けば、深い青色の滝つぼが見える。

若沖は腰をかがめて木の葉を一枚拾うと、見せるように掲げた。

「次の課題はこれだ。この木の葉が滝つぼの水面につくまでに、画術で破ること」

「なーんだ、簡単じゃん」

光起が拍子抜けという感じで返す。

「本当にそれだけでいいんですか?」

探雪も思わず尋ねる。

「ああ。だが、ただ攻撃するだけじゃない。合わせ技で、だ」

「合わせ技……?」

探雪も光起も、目を瞬いた。

「お前たちふたりで、ひとつの術を使うんだ。画術を使うとき、頭の中に思い描くことで、それを具体化するだろう？　合わせ技ってのは、それをふたりでやるんだ。それによって、新しい術が生み出せる。鳥獣系、自然系、それぞれの術を分担するもよし。どちらかの系統をふたりでやるもよし。やり方はいろいろあるが、大事なのは〝ふたりでひとつのものを思い描くこと〟だ」

そう伝えても、まだふたりは首を傾げている。

「ふたりでひとつのものって、なんだか難しそうですね」

探雪が眉をひそめる。

「それをやると、何かいいことがあるのか？」

光起からは、そんな質問が飛んだ。

「うまくやれば、ひとりで出す術より、さらに強大な力になる。やり方がいろいろあるように、その効力も様々だが……」

そこで言葉を切り、若冲は少し考えてから続けた。

「その前にお前らに訊く。絵はひとりで描けるか？」

探雪と光起も、再び目を瞬いた。

「基本的に、ひとりで描くものじゃないですか？」

先に探雪が答え、光起も賛同する。

「そうだよ。おっさんだって、山にこもってひとりで描いてるじゃん」

「おっさん言うな」

軽く返してから、若沖は気を取り直す。

「まあ、案ずるより産むが易し。やってみるしかないか」

若沖は崖の端まで行き、木の葉が滝つぼの真上にくるように手を差しだした。

「俺が木の葉を離すと同時に、まずはふたりでそれぞれ題目を唱える。相手が思い描いているものを知ったうえで、自分が描こうとしているものと組み合わせるんだ。そうやって、ひとつのものを生み出せ」

「え、相談なしでやるのかよ」

「そんなの無理じゃ……」

探雪も光起も、戸惑いを浮かべた。

そんなふたりをよそに、容赦なく若沖が告げる。

「いいか、想像を重ねろ。いくぞ」

若沖の手から木の葉が離れ、ひらひらと落ち始める。

探雪も光起も慌てて、題目を唱えた。

ふたりでひとつのものを——そう念じながら、その先を思い描く。

空間に線が走り、やがてふたりの前に一体の生き物が現れる。それは、魚の胴体に鳥の足とくちばしを持ち、羽が生えた奇妙な生き物だった。

「うっわ、なにこれ！」と、探雪が叫ぶ。

「気色悪っ！」と、光起も顔を引きつらせた。

魚と鳥の合体生物は、ぺたぺたと走り出し、崖から飛び立つ。そして、ただただ滝つぼに落ちていき、どぼんと着水すると同時に術が解けて消え失せた。その傍で、木の葉が静かに着水する。

それを見届けた後で、光起が探雪に向き直る。

「お前、気味の悪い珍獣出してんじゃねえよ！」

「僕だけが出したわけじゃないでしょ！　ふたりで出したんだから！」

「……く、屈辱」

一瞬へこんでから、光起は再び目を吊り上げる。

「だいたい、お前なんで魚なんだよ」

「だって、さっき滝つぼで跳ねる魚、見たんだもん」

「お前……目にしたもの全部吸収するとか、生まれたての赤子か！」

「仕方ないじゃん、思いついちゃったんだから！」

言い合うふたりを、若沖が呆れた目で見守っている。

若沖はため息をついてから、もう一枚、木の葉を拾い上げた。

「はーい、もう一回いくぞー」

若沖の声に、探雪と光起も口を閉ざし、さっと向き直る。

木の葉が左右に揺れながら、ゆっくり落ちていく。

ふたりは、それぞれに題目を唱えた。さっきのことを反省し、探雪は得意な方の自然系の術を使おうと、炎を思い描いた。

すると、ふたりの前に、火だるまになった鳥が現れた。鳥だろうけど、火力が強すぎて鳥なのかどうかも正直怪しい。

ほぼ火の塊となった鳥は、水を求めて滝へと飛び込んだ。じゅうっと火が消える音と共に術も解ける。木の葉は相変わらずそんな茶番とは無縁で、優雅に水面についた。

「俺の鳥、焼き殺す気か！」

「光起の鳥が、僕が出した火に負けてるだけだろ！」

探雪と光起は、また言い合いを始める。

「はーい、もう一回」

遠い目をしながら、若沖が告げる。

日が沈むまで、探雪と光起の特訓は続いた。

◆◇◆

その頃、守景と一蝶は本丸の広間にいた。

窓からは、茜色の光が差し込んでいる。穏やかな夕暮れどきだというのに、広間は緊張感で満ちていた。

守景と一蝶は、並ぶようにして正座している。そして、ふたりの前には吉房、そしてその傍に控えるようにして光則が座っている。

「統制官からは、祭りの中止を進言します」

光則が淀みない声で告げた。

議題は、近々町で開催される予定の町民主体の祭りについてだ。話し合いが始まってから、光則は一貫して開催すべきでないと主張している。この話し合い自体、統制官が中止を求めたことで始まったものだ。四季隊の意見も聞きたいと、守景と一蝶を呼んだあたり、吉房は決めかねているのだろう。

悩ましげな様子で、吉房は口を開いた。

「しかし、中止となれば町民から強い反発が起こるだろう。ここ数年、中止としていたところを、町民から復興を願う声が上がり、ようやく開催にこぎつけたところなのだから」

吉房の言葉を受け、守景が意見する。

「祭りの準備が始まってから町の様子をずっと見てきましたが、町民は皆、心から楽しみにしています。大袈裟でもなく、祭りの開催が希望になっているのでしょう」

賛成か反対かを抜きにして、近頃感じていた素直な想いだった。

開催の方向に流れそうになったところを、光則が止める。

「しかし、歌川派がまたいつ動き出すともわかりません。もちろん四季隊が全面的に警戒に当たるのでしょうが、厳戒態勢を取るからといって、歌川派が手を引くとは限らないのでは？」

そう言われてしまえば、守景は開催を押し切ろうとは思えなかった。

光則の言うことも、もっともだ。守景もそれがわかっているから、もともと開催に強く賛同しようとは思っていない。かと言って、祭りを心待ちにしている町民の気持ちを蔑ろにしたくもない。

矛盾する想いを抱えながら、守景は答える。

「もちろん、その可能性を考えれば祭りを中止にするに越したことはありません。町民に何かあってからでは遅いですから。今、隊長も副隊長も急な遠征で不在です。四季隊も普段と比べれば、万全とは言えません」

珍しく肩を縮めた守景に、吉房が励ますように声をかける。

「隊長や副隊長は、守景と一蝶のことを信頼しているからこそ、任せて遠征に出ているのだろう。自信を持っていいのではないか」

「そう言っていただけるのは、嬉しいのですが……」

開催か中止か。どちらを選んでも、後悔が訪れそうで守景は言葉に詰まった。けれど、結局は決断する権利など自分にはないのだ。自分の務めをやり切ることでしか、後悔しない道はない。そう思い、守景は顔を上げた。

「もちろん開催となれば、四季隊一同、全力を尽くします」

吉房は頷き、また考え込む。

そこで、一蝶が口を開いた。

「そもそも、祭りは町民主体で行うことになっていますよね。一度、開催が決まったところに、中止の要請をするとなると……」

「……規制となんら変わりないな」

吉房はどこか悲しそうに言う。

「規制に規制を重ね、絵を描く自由を奪ったことで、ここまで不安な世の中になってしまったというのに」

またここで自由を取り上げようというのか。まるで、そう言いたげだった。

膝の上で拳を握る吉房に、一蝶が思わず庇うような言葉をかける。

「規制を始めたのは、前代でしょう」

吉房は、緩く首を横に振った。

「自分だったら、どうしただろうかとたまに考えるよ。いつも答えはでないが……前代も、国やそこに生きる人を思えばこそ、始めた規制だったはずだ。それを正しいとか、間違っていたなどと言えるのは、たまたま私たちがその後を生きているからだ」

束の間、部屋に沈黙が落ちる。

それを打ち破るように、光則が口を開いた。

「開催を断行するとしても、統制官としては、いつも以上に厳しく取り締まりを行います」

吉房の心が決まっているのを察してか、開催する方向に寄せて意見する。

「先日、町民が国芳に加担した一件もあったことですし」

光則が続けた言葉に、守景がすかさず反論する。

「加担と言っても、国芳の力によるものです」

しかし、光則も揺るがずに返す。

「敵の画術によるものであろうとなかろうと、同じだ。規制が始まったきっかけを忘れたわけではないだろう。今また同じことを繰り返そうとしている。祭りがその温床になりかねないと言っているんだ」

心苦しくはあるけれど、正論ではあるので守景は押し黙った。

間を取り持つように、吉房がまとめに入る。

「なんにせよ、時間はかかる。だが、たとえ一歩ずつでも、平和な世の中へ向けて歩み出したい」

吉房は決断を下した。

「祭りは、このまま開催する」

それから、この場にいる全員に向けて言葉をかけた。

「統制官と四季隊、双方の力が必要だ。協力して、それぞれの任務を全うしてくれ」

吉房が凛とした声で告げる。

「御意」と答えるそれぞれの声が部屋に響いた。

◆◇◆

若沖のもとで修行を始めてから、さらに数日が経過した。

空が白み始めた頃、目を覚ました探雪はひとり森の中へと向かった。家を出たときにはまだ夜の気配を残していた空も、今は朝焼けに染まっている。探雪は、ゆっくりと色が変わっていく空をしばらく見つめていた。

それから、気合いを入れるように息を吐くと、画術を発動する。目の前に、いつだったか光起を探すのを手伝ってもらった犬が現れた。相変わらず、犬か犬じゃないか怪しいし、呑気な顔をしているが、探雪は力が戻ってきたことを実感した。嬉しくて、両手で犬の顔を挟んで撫でる。

「へへ、久しぶり」

犬も再会を喜ぶように「わふん！」と鳴き声を上げ、尻尾を振る。しばらく探雪の撫でる手に身を任せていたが、突然思いついたように茂みへと走り出した。

「あ、また！　もうどこに行くんだよ」

慌てて、探雪もその後を追う。まっすぐ進むその先には、人影があった。

「え、光起!?」

犬は地面を強く踏み込み、光起に飛んでいく。

振り返った光起は、「うわ！」と声を上げ、とっさに犬を抱きとめようとした。しかし、勢い余った犬に体当たりされ、光起の身体は後ろに重心が傾く。すぐ後ろは崖のようになっている。

「危ない！」

とっさに探雪は光起の手を掴む。けれど、支えることはできずに、そのまま一緒に落ちてしまった。

探雪と光起は、柔らかい草の上に仰向けに着地した。崖だと思っていたのは、どうやら自分たちの背丈ほどの段差で、軽く身体を打ったものの大事には至らなかった。

「この阿保犬が！」

光起が顔に乗っていた犬を持ち上げる。光起の怒りも知らず、犬は嬉しそうに顔を舐め始めた。もしかしたら、光起を探すという務めをまだ覚えていたのかもしれない。そんなことを思い、探雪は笑った。

「お前、笑ってないで……この犬、どかせ」

顔を舐められ続けている光起が訴える。仕方なく、探雪は術を解いた。

犬から解放されて、光起はそっと息をつきながら空を見上げる。

空が綺麗で、探雪も光起も草の上に寝転んだままでいた。

「そういえば光起、こんなところで何してたの？」

「何って……朝、起きたらお前がいないから」

「あ、探しに来てくれたの？」

「お前がひとりで抜け駆けして特訓しないようにな」

「そうだね。合わせ技を習得するなら、ふたりでやらないと」

光起が否定をしないので、肯定なのだろうと思うことにした。

「ただ、画術がどこまで戻ってるか、改めて試してみたかったんだ」

「もう戻ったみたいだな」

「うん、光起のおかげだね」

「なんで俺？　何かした覚えなんてないけど」

「こうやって、一緒に修行してくれてるし」

「それなら守景さんの根回しのおかげだし、画術を教えてくれるあのおっさんのおかげだろ。俺は、ただ言われるままにやってるだけで」

「光起にとっては、そうなのかもしれないけど……」

そこで、探雪は言葉を切った。どう伝えたら、光起に届くのだろう。

ふと鳥が空を横切り、木の上に止まった。

「あれから、若冲さんが言ってたこと考えてたんだ」

探雪が切り出すと、光起も思い出したようだ。

「絵はひとりで描けるかってやつ？」

「うん……ねえ、山の成長には鳥の存在が不可欠なんだって」

「ああ……種子を運ぶやつがいなくなるからだっけ」

枝に止まったひよどりが、まさに今、山椿(やまつばき)の花粉を運ぼうとしている。

「ここで過ごすうちに、きっと同じなんだろうなって思ったんだ。自分の周りにあるあらゆるものから、数えきれないほどの何かをもらって、絵を描くんだろうなって」

心を揺らす景色がなければ。

心震える感情がなければ、絵は描けない。

「それは、光起からも同じだよ。光起から、たくさんのものをもらってる」

探雪は光起に笑いかけた。

「前にも言ったけど、僕は光起と一緒にやりたいと思ってるよ」

画術が戻ったからこそ、もう一度、伝え直した。

けれど、光起は微かに瞳を揺らし、空に目を向けて黙り込んだ。

「……光起は、僕じゃダメなのかもしれないけど……」

困らせたくなくて、探雪は取り繕うように付け足した。

「いや……お前だからじゃない」

光起が呟くように返す。

それから、自分が抱えてきたものを紐解くように話し始めた。

「俺が組みたがらなかったのは、お前の成績が悪かったからでも、足を引っ張られると思ったからでもない」

もっとも、最初は本当にそんなふうに考えていたのかもしれない。実際には、見たくないものから目を逸らそうとしているだけだったのだろう。

「……誰と組むことになっても、拒絶していたと思う」

「それは……ひとりで、やりたかったから？」

「……そうだな。いや、そうなんだけど、少し違う」

ひとりがいいと思っていたけど、ひとりでやりたかったわけでもない。その矛盾の正体が何かを考えた。

そして、結局はただ怖かったのだろうという答えに、光起は行きついた。

「……嫌だったんだよ。昔の俺は、親父のことを信じ切っていた。また誰かとやり始めて、同じものを目指して、そのくせ置き去りにされるのはもう嫌だったんだ」

絵に対する情熱だけを自分の中に残して、勝手にいなくなった父親が腹立たしかった。いつまでもそこに執着している自分は、子どもじみているとも思う。それでも、これが本心だった。

そして、同じことを繰り返すことは避けたかったのだ。

「最初から誰かと一緒にやろうなんて思わなければ、裏切られることも、がっかりすることもないだろ。まあ、そう思ってたことに気づいたのも最近だけど……」

たくさんのものをもらっていると言う探雪と同じように、自分も影響されているのだろう。

探雪は静かに次の言葉を待っている。

きちんと、今伝えなければならない気がした。

「今は、俺もなんだかんだ言って楽しいよ。だから……お前とやるのも悪くないかもしれない。絵のある世界をもう一度見てみたいって、思ってる……」

探雪は、空を見つめたままの光起を振り向いた。

嬉しそうに頬を緩めているのが、見なくても光起にはわかった。

「うん、一緒にやろうよ。どうやったら絵のある世界が取り戻せるのか、まだわからないけど、光起とだったらできる気がする」

「根拠もないのに、その自信はどこからくるんだよ」

誤魔化すように、光起が茶化す。

すると、探雪が光起の前に拳を差し出した。

光起が横を向くと、探雪がまっすぐな眼差しを向けている。

「ふたりでやろうよ。約束」

「……そうだな。仕方ねえから付き合ってやるよ」

光起は自分の拳を近づけ、軽くこつんと当てる。

ひよどりが羽ばたく音がして、風に乗ってどこかへと飛んでいく。

この光景を忘れないようにと、脳裏に焼き付けた。

滝つぼへと舞い落ちる木の葉を追いかけて、鳥が急降下していく。

鳥は揺れる葉に狙いを定めると、くちばしから火を噴き出した。木の葉が燃え、塵になる。

◆◇◆

「やった！」

滝の上から覗いていた探雪と光起は、歓声を上げた。

「よくやった、課題達成だな」

若沖の声に、探雪と光起が振り返る。

「今、俺が教えられることは以上だ。あとは、自分たちで技を磨け」

「え、それって……」

探雪が続きを促すように言うと、若沖が肩を竦める。

「修行は終わりだ。明日には町に帰っていいぞ」

喜ぶと思ってそう伝えるが、探雪も光起も不満げな顔になった。

「えー、もっと教えてくださいよ！　僕、強くなりたいんです」

探雪が縋るように言う。

「そうだな。おっさん、いろいろ知ってそうだし」

光起も期待するような眼差しを向ける。

すると、若沖はふんと鼻を鳴らした。

「なんだよ、ついこの前まで逃げ出すくらい帰りたがってたくせに」

若沖が少し拗ねたような顔で返す。

「それは、若沖さんの目が笑ってなかったからで……お願いします、修行を続けてください！」

詰め寄る探雪に、若沖はひらひらと手を振る。

「嫌だ。いつまでも、ガキの相手してられるか。俺は早く鶏ちゃんとふたりっきりで戯れたいの」

「この前は、いくらでもいればいいって言ってたくせに」

光起の不服も、若沖は撥ねのける。

「山の天気は変わりやすいし、俺の気分も変わりやすいんだ」

「大人げねえ……」

光起に虫けらを見るような目を向けられ、若沖は少しだけ心が痛んだ。

「とにかく！　俺が終わりと言ったら、終わりだ。一から十まで教えてもらうようじゃ、お前らだって成長しないだろう。模倣もいいが、独自の道を行け」

もっともなので、探雪と光起もさすがに押し黙る。

そのとき、空からぽつりと雨粒がひとつ落ちてきた。

「……っと、言った傍から……」

呟きながら、若沖は空を見上げる。

いつの間にか、空は暗い雲で覆われていて、今にも大雨が降り出しそうな気配だ。

「急いで帰るぞ」

若沖に急かされて、探雪と光起も家までの道のりを走り出す。

ひとつふたつと地面を濡らし始めた雨は、予想通りあっという間に強い雨へと変わった。

◆◇◆

昼に降り出した雨は断続的に続き、夜になってもまだ雨足は弱まらなかった。

布団の中でぐっすりと眠る探雪を見届け、光起は襖を閉める。そして、若沖がいる居間へと向かった。

居間に入ると、若沖は囲炉裏の前でお茶をすすっていた。

「どうした？」

やって来た光起に、若沖が落ち着いた声で尋ねる。

「ちょっと眠れなくて……」

本当は話す機会を窺っていたのだが、どう切り出したらいいかわからなくて、そう答えた。

「そう心配しなくても、明日には雨は止むさ」

それから若沖は座るよう促して、光起の分のお茶を淹れてくれた。光起も大人しく囲炉裏の傍に腰を下ろす。

「探雪の力のことなんだけど……」

光起は悩んだものの、単刀直入に切り出した。

「……俺にできるのは、推測だけだ」

若沖もわかっていたかのように応じる。

「でも、何かしら気づいたことがあるんだろ。合わせ技を教えたのだって、それがあったからじゃないのか」

若沖は少し間を置いてから、話し始めた。

「気になったのは主に三つだ。感情による大きな力、実際の絵と画術の隔たり、記憶の欠如……そこから考えられるのは、力の封印だ」

「力の封印……？」

光起が復唱するように聞き返す。

「それもまた画術によるものだろうな」

画術によって、画術を封じ込める。

光起は想像してから眉を寄せた。

「そんなこと、できるの？」

「そう簡単にできるものでもない。だが、できそうなやつは知っている」

「でも、なんで……」

いつ、どこで。誰が、何のために。わからないことが多過ぎる。それが光起を不安にさせた。

若沖も神妙な面持ちで続ける。

「だいぶ前の話になるが……過去に、山奥で大きな画術の発動があったという噂がある。規制が始まる少し前のことだ。倒幕派の先駆けだったのではないかなんて噂もあるし、ほんの一瞬のことで情報が少なく、信ぴょう性もないと思っていたんだが……」

「……それが探雪の力だって言いたいの？」

「あくまで、かもしれないという程度の話だ」

お互いに口を閉ざし、囲炉裏の火が燃える音が響く。

それから、光起は一番気になっていることを話した。

「歌川派のやつらが、妙な木箱を持ってるんだ。俺らは最初、倒幕に関する重要な手がかりなんじゃないかって思ってたんだけど……国芳は、箱は開けられる側じゃなくて、開ける側だって言ってた」

神社での戦闘の際、国芳はあの木箱をその場で開けようとしていたのだ。素振りだけだったかもしれないが、何か狙いがあるかのように。

そして、その目が見ていたのは探雪だ。

「あの箱によって開くのが、探雪の力だとしたら……」

口に出したことで、本当にそうなのだと思えてきてしまいそうだった。

けれど、これだってあくまで推測でしかない。なにも確かなことなどないのだから。

頭にまとわりつく考えを、光起は必死で振り払った。

けれど、若冲は真剣にその可能性を考えるように「なるほどな……」と低く唸った。

「過去の件は抜きにしても、今回のことがある」

そう言ってから、若冲は続けた。

「画術の基盤は心だ。心によって画術が弱まることがあれば、使えなくなってしまうことだってある。今回の探雪のようにな。探雪が鳥獣系の術が苦手なのも、過去と繋がる何かがあってのことかもしれない。そして、心の作用によって反対に力を増幅させることもある。感情が大きく膨らむことで、普段の何倍もの力を引き出すんだ」

「それで、探雪は……」

言いながら、探雪が力を使えなくなったときのことを思い出す。

それだけ探雪にとって、兄の存在は特別に大きいのだろう。

「探雪の中には、大きな力が眠っているはずだ。そして、探雪はそれを自分で制御することができないんだろう。諸刃の剣だ」

思わず、光起は息を詰める。

自分が考えていた以上に、探雪は危うい状態なのかもしれない。

「俺は、どうしたらいい……」

光起は答えを求めるように呟く。口から出た声は、自分でも驚くくらい弱々しかった。

それを見て、若冲は少しだけいつもの調子に戻り、明るく振る舞う。

「諸刃の剣って言ったって、今はって話だ。制御できるようになれば、問題ないさ」

その方法はないのかと聞こうとして、光起はやめた。

それがあるのなら、きっともう教えてくれているはずだ。確かな方法はないのだろう。

不安そうな顔をしたままの光起に、若冲はさらに続ける。

「なに、心に強く信じるものがあれば大丈夫さ。あいつがお前を導くように、お前もあいつを導いてやればいい。そのための、相棒だろ？」

光起はその言葉をゆっくりと呑み込んで、受け止めた。

「……わかった」

光起は小さく頷く。

「なんか、俺ばっかり世話役な気がして嫌になっちゃうよなぁ」

光起もいつものように、ぼやいてみせる。

その様子に、若沖もふっと笑う。

「退屈しなくていいじゃないか」

「まあね」

結局は、そのときになって自分で決めて、行動するしかないということだ。

それがわかっただけでも、少しは気が楽になった。

心なしか、囲炉裏の火もさっきより優しく見えた。

◆◇◆

若沖の予想通り、朝を迎える頃には雨はすっかり上がっていた。

外に出れば、旅立ちに相応しい、突き抜けるような青い空が広がっている。

「若沖さん、ありがとうございました！」

門の前で振り返り、探雪が言う。

「……ありがとう、ございました」

照れくさそうにしながら、光起もお礼を伝えた。

そんなふたりに、若沖は笑みを零す。

「ああ、気をつけて帰れよ」

「また来てもいいですか？」

探雪が屈託のない笑顔で尋ねる。

「もう少し育て甲斐があるくらいになったらな」

若沖が皮肉って返す。

「じゃあ、若沖さんがびっくりするくらい成長して、また来ます！」

「そうだな……」

探雪のまっすぐさに、若沖も観念したように肩を竦めた。

それから、いつもの明るい調子で言葉をかけた。

「お前らも、絵師なら心を育め！　この先、いくつもの別れ道が待ってるだろうが、正しいことなんて後にならないとわからない。そのときは、心が呼ぶ方へ向かえ」

今すぐに、この意味を汲み取らなくてもいい。

いつか迷ったときに、頭の片隅で思い出してくれれば。

そんな気持ちで伝えたが、探雪も光起も力強く頷き返した。

「はい！　お世話になりました！」

深々と頭を下げてから、探雪と光起は歩き出す。何度も振り返り、手を振っては、また進んでいく。その背中が見えなくなるまで、若冲は見送った。

家の中へ戻ろうとしたところで、足元に鶏が擦り寄ってきた。見下ろすと、「コケ？」と鳴いて、顔色を窺うように首を傾げる。

「ん？……寂しくなんてないさ。また会える楽しみがあるんだからな」

若冲は微笑みながら鶏を抱き上げると、そっと頬を寄せた。

◆◇◆

ようやく修行を終えて山を下り、四季隊の活動に戻ってからは、また慌ただしい日々が過ぎていった。

町では祭りの準備が進み、数年ぶりの開催とあって、町全体が活気に溢れている。まるで、規制前に戻ったかのように錯覚しそうなほどだった。

しかし、規制前と同じようにはいかない。

それは、祭りの前日に起きた。

この日、探雪と光起は統制官に同行する形で、町の警備に当たっていた。前日ということもあって、統制官は祭りに絵が含まれているものがないかを改めて確認するために動き出した。その間、探雪と光起はその護衛をすることになったのだ。

大々的な祭りの監査となれば、光起の父、光則も当たり前のようにいる。

出店が出る通りを歩いていた光則は、設営の準備をしていた屋台の前で足を止めた。

「この暖簾は、撤去するか別のものにするように」

光則は、イカが描かれた暖簾を指さしながら告げた。絵といっても、いか焼きの文字の横に申し訳程度に添えられた印のようなものだ。

「え、これもダメなんですか。ちょっと厳し過ぎやしませんかね」

命じられた店主も、眉をひそめながら抗議する。

「出店したいのであれば、指示に従ってもらう」

断固とした態度で、光則が返す。

「わ、わかりました……」

やや不服そうにしながらも、店主は暖簾を下げることにした。

その後も光則と統制士たちは、祭りに使われるものひとつひとつに目を通して、細かく取り締まっていった。のぼりや看板にも、少しでも絵に含まれるようなものがあれば撤去を命じる。中には、たこの着ぐるみをこさえていた人も見つかった。絵ではないので統制士たちも戸惑いを見せていたが、あまりの浮かれ具合に容赦なく使用を禁じられた。

その様子を傍で見届けながら、探雪は光起にこっそり話しかけた。

「ねえ、いつも以上に厳しくない？」

規制は、始まった当初から年々その対象を広げつつある。それも、現在の吉房が将軍に就いてからは少し緩和されたりと、その年によって振れ幅はある。けれど、紙に描かれた絵でなければ、ほとんどのものは規制からは外されてきた。それだけに、傍から見ていても、今回はあまりにも厳格にやり過ぎているように映った。

光起も統制士たちに聞こえないよう小声で返す。

「祭りだから、特別に強化してるんだろうな。ここで規制を緩めたら、団結して規制反対に乗り出す人も出てくるかもしれないって。この前の一件もあるしな……」

一件というのは、先日、国芳を相手したときのことだろう。国芳に操られていたとはいえ、町民たちが集まり、反逆を起こしかけたのだ。もともと規制が始まったきっかけとなった事件と似ていたことを思えば、統制官側が過敏になるのも仕方ないのかもしれない。

祭りの中心となる場所を一通り見て回ってから、一行は神社へと移動した。祭りの拠点ともなる場所だ。

そして、そこでも統制官による取り締まりが始まった。

祭りには、毎年慣例になっている踊りがある。小花踊りといって、町の娘たちが華やかな衣装を身にまとい、町の中を踊りながら練り歩くものだ。そして、今年はその着物にまで統制官の監査が入ることになったのだった。

光則は、その踊りで着用される予定の着物を見て、息をついた。

探雪と光起も見守る前で、光則は告げた。

「このような柄のものとは聞いていない。別の着物を用意するように」

下された命に、集まっていた娘たちは頷き合って前へ出る。

その中から、代表してひとりの娘が申し出た。

「恐れながら申し上げます。皆で話し合い、やはり明日の祭りには例年通りの着物で踊りに参加したいと意見がまとまりました。町は今、戦乱と粛清で疲弊しています。そんな中、明日の祭りの開催は希望の光となるものだと思います。毎年、小花踊りを楽しみにしてくれている方々もたくさんいます。私どもも、町の人たちを少しでも明るい気持ちにできればと、その一心で取り組むつもりです。ですから……どうか、お許しいただけないでしょうか」

静かに耳を傾けた後で、光則は口を開く。

「申し出は却下する。今回は一貫して、厳しく取り締まりを行っている。例外を許していたら、きりがない」

必死の訴えにも、光則は取り合おうとしなかった。

「ですが……」

「一度、言ったことを撤回するつもりはない」

揺るぎない声に、娘たちも委縮してしまう。

そんな娘たちに、光則は続けた。

「……踊りがなくとも、祭りはできる。町の人間も心待ちにしていると言ったが、果たして本当にそうか？　人々が求めているかどうかなど、証明できるわけでもないだろう」

冷たく言い放たれ、娘たちの顔に諦めが滲む。

代わりに、探雪が食い下がった。

「でも、必要としてないとも言い切れませんよね」

気がつくと、言葉が飛び出していた。守景からの忠告もあったから、口を挟むようなことはしないと決めていたはずなのに。そう思っても、もう出てしまった言葉をなかったことにはできない。

それに、なにより町の人たちのためにと思う気持ちを無下にしたくなかった。

いつかと同じように、光則の冷たい視線が探雪に移る。

それでも怯まずに、探雪は続けた。

「町の人が何を望んでるか、本当はわかってるんじゃないですか。祭りの開催に踏み切ったのだって、町に活気が戻ればいいって、そういう想いがあったからのはずです」

「開催を決めたのは、統制官ではない。私たちの仕事は、規制によって世の中の乱れを正すことにある。先も言ったが、例外をひとつ認めれば、他にも名乗り出る者が出てくるだろう」

「例外は例外として、認めてあげてくださいよ」

引こうとしない探雪に、光則が煩わしそうに目頭を押さえる。

探雪はどう説得したらいいかと頭を捻る。

すると、隣にいた光起が先に口を開いた。

「……俺からも、お願いする」

いつもなら静観していたはずの光起が後押しをしたことに、探雪は驚いた。

今度は、光則の目が光起に向けられる。

光起は拳を握り、まっすぐに光則を見据えながら続けた。

「例外を許したうえで、全体を統制するのが統制官の仕事じゃないのか。着物の柄くらい、いいだろ」

「いいかどうかを決めるのはこちらだ。四季隊が関与するところではない」

「四季隊の画術には、頼ってるくせに……」

「四季隊には、権限として与えているだけだ。町民とは話が違う」

取りつく島もない光則に、光起が押し黙る。

すると、閃いたような顔で探雪が呟く。

「そっか、四季隊はいいんですよね……」

やけに明るい声に、光起も光則も、探雪を振(ふ)り向いた。

「一度言ったことは撤回しないって、さっき言ってましたよね？」

訝(いぶか)しげな視線を向ける光則に、探雪はにっと笑いかけたのだった。

◆◇◆

そして、迎(むか)えた祭り当日。

探雪と光起は見回りの合間を縫(ぬ)って、昨日の神社に来ていた。

まもなく小花踊りの一行が、この神社から出発する。踊りに参加する者は、列になって始まりのときを待っていた。

探雪と光起のふたりがいるのは、その列の中間だ。前方には楽器を持った演奏者たち、後方には踊りのために集まった女性たちがいる。けれど、身にまとっているのは、無地の簡素な着物だ。この踊りを楽しみに、出発地点から見届けようとたくさんの町民が集まっているが、その中からも「今年はずいぶん簡素なんだな」とがっかりするような声が上がっている。

「光起、巻き込んでごめんね」

今更(いまさら)だとは思いつつ、探雪が言う。

「別に、俺も今回はこれでよかったって思ってるし。それに、あの親父が言い返せないでいるところ見て、少しすっとした」

光起がそう答えると、探雪も安心したように微笑む。

『画術を使って、踊りを盛り上げる』。華やかな柄の着物が許されないのであれば、画術で演出を手伝わせて欲しい。探雪が提案したのは、そういうことだった。その提案に、四季隊には権限として画術を許していると言ってしまった手前、光則も渋い顔で押し黙った。四季隊の仕事に支障が出るのではという反論も出たが、それを決めるのは四季隊だと、光則の言葉を借りるようにして光起が言い返した。渋々ではあったが、最終的には光則も許可してくれたのだった。守景が話を通してくれたこともあり、四季隊からも快く承諾をもらえた。

こうして、ふたりは小花踊りに参列することになり、今この場にいる。

ふたりの手には、閉じたままの番傘が握られていた。ただ歩いてもらうのもなんだし、参列者だとわかるよう何か目印となるものがあった方がいいと、踊りの参加者から持たされたものだ。

光起は、昨日のことを思い出しながら少し緊張を感じた。この方法で、町の人たちが満足するのかはやってみないとわからない。もし失敗に終われば、光則の正しさを証明することになってしまうだろう。そう考えながら、苦笑が零れる。いまだに、父親の評価を気にしているのだろうか。

　そんな気も知らずに、探雪が隣から笑いかける。

「光起、楽しもうね」

「呑気なやつ」

光起は、呆(あき)れたように返す。それでも、気持ちは少し軽くなった。

　それから、前を向いて言った。

「うまく、いくといいな」

言葉にしながら、望みをかける。

探雪もまっすぐに前を見つめながら、真剣(しんけん)な顔になった。

「僕、ずっと考えてたんだ。絵のある世界が戻ってきて欲しいと思っているのは、僕らだけなのかなって。もしそうなら、絵のある世界を取り戻すことは難しいのかもしれない」

言葉とは裏腹に、探雪の目には強い意志が滲んでいた。

　それを示すように、言葉を続ける。

「でも、もしまだ絵を望む心がみんなの中にあるなら、きっと取り戻せるはずだって、そう思うんだ」

　列の先頭から、音楽が鳴り始める。出発の合図だ。

探雪は、手にしていた番傘を開いてさした。

「ねえ、光起……僕は、まだ絵で誰かを幸せにできるって信じたい」

「……そうだな。証明しよう」

光起も答えながら、番傘をさす。

「題目『花吹雪』」

列が歩き出したところで、ふたりが唱える。

列一帯に、色とりどりの花びらが降り注いだ。舞い散る花びらの中で、踊る姿は人々の目を惹きつけた。始まる前は気落ちした顔をしていた人たちも、感嘆の声を上げ、みるみる明るい表情になっていく。

やがて、踊りを見た人々は、それぞれに笑顔になったのだった。

町を一周して、小花踊りの一行は再び神社に戻ってきた。
控室として使っている社務所の和室に入るなり、踊りに参加していた人たちは揃って探雪と光起に頭を下げた。
「本当に、ありがとうございました！　町の人にも喜んでもらえて、諦めないでよかったって、心からそう思えました」

昨日、光則を説得していた女の人が代表して伝える。

「いえ、僕が勝手に提案したことですし。それに、参加させてもらって、すごく楽しかったです。ね、光起？」

探雪が恐縮しながら、光起に話を振る。

「まあな」と、光起は短く返す。

「おふたりには本当に感謝しています」

もう一度、皆が笑顔でふたりにお礼を述べる。それを丁寧に受けてから、ふたりは和室を後にした。

「さて、俺たちは見回りに戻るか」

「そうだね」

そう話しながら、廊下を歩いていたときだった。

「……土佐長官、もう城に戻ったのか」

統制官の休憩所として使われている和室から聞こえてきた声に、光起は思わず足を止めた。

おそらく休憩中の統制士が話しているのだろう。別の声が答える。

「ああ、ほんのついさっきな」

馬鹿馬鹿しい、と光起は思った。

無意識に評価を気にしてしまう自分に対して、光則は興味すらないのだろう。それに気づき、落胆している自分にもまた嫌気がさした。

「でも、小花踊りはちゃんと見届けたみたいだな。土佐長官も、実は嬉しかったんじゃないのか。だってあの人、統制官にいるけど、絵が戻ってきて欲しいって思ってるだろう」

その言葉に、部屋の襖を振り返って見つめた。

盗み聞きなんてと思いつつ、つい耳を傾けてしまう。

「やっぱりそうだよな。言葉にしないから、わかりにくいけど……国芳の絵が燃やされたときだって、かなり怒ってたんじゃないのか。長官がはっきり言わないから有耶無耶にされてるけど、火矢を放ったのって猪名川さんの指示だろ？」

知らされていなかった事実に、光起は息を呑んだ。

絵が燃やされたとき、すぐに光則を問い詰めた。そのときの会話を必死で思い起こす。

『絵を燃やしたのは、あんたか？』、そう聞いたとき光則はなんと答えた。ちゃんとした肯定も、否定もしなかったのではないか。

でも、どうして……。

動けないでいる光起の手を、探雪が引く。

「行こう！」

光起がハッとして顔を上げる。

探雪につられるようにして、足を踏み出した。

「行くって、お前どこに……」

「まだ近くにいるかもしれない！」

促されるままに歩いていた光起は、探雪に並ぶようにして駆け出す。

境内を走り抜けたところで、探していた背中を見つけた。

鳥居をくぐろうとしていた光則は、慌ただしい足音に振り返る。

「……なんで、黙ってた」

光則に向き合うと、勢いのまま光起は投げかける。それから、少し声を落として続けた。

「なんで……国芳の絵を燃やしたのかって聞いたとき、否定しなかったんだよ」

光則は驚きを浮かべもせずに、静かに口を開く。

「確かに、あのとき火矢を放つよう指示したのは私ではない。だが、必要なら私が手を下す可能性だってあった。結局は同じことだ。誰かがやらなければならないのだよ」

「だけど……それをあんたがやる必要なんて、どこにもないだろ！」

どうして絵を大事にしていたはずの父が、今までとはまるで反対の、絵を蔑ろにするようなことをするのか。その答えが知りたかった。

光則はその問いをしっかりと受け止めて、答えを出した。

「絵を失う痛みがわかる人間がやらなければ、意味がないだろう」

それだけ言い残すと、光則は背中を向けて歩き始めた。

「俺は……四季隊をやめない！」

去っていく光則に向かって、光起は伝える。

その背中は振り返らない。けれど、固い決意を背負った背中には、どこか昔の面影があるような気がした。

祭りは大いに盛り上がり、人々の表情も晴れやかだった。

日が西の空に沈み、町がすっかり夜に包まれた頃。

「このまま何事もなく終わるといいね」

「そうだな……最後まで油断はできねえけど」

「でも、もうすぐ祭りも……」

何気なく話していたところで、耳に届いた音に探雪は言葉を切った。それは、どすん、どすんという地響きのような音だった。

「……何か聞こえる」

「なんの音だ……？　こっちに近づいてくるような……」

耳を傾け、音がする方角をとらえる。振り返ると、夜闇の向こうに何かとてつもなく大きな白い物体が浮かび上がったのだ。

「がしゃどくろ、だ……」

探雪の隣で、光起が呟く。

それは、町を覆うほどの巨大な骸骨だった。

第四章——君がため

Fugaku Hyakkei Graphiattle

町の外れに現れた骸骨は、その巨体を揺らしながらゆっくりと町の中心へと進んでくる。

目の前の光景に、探雪は一枚の絵を思い出す。火矢によって燃やされた国芳の絵である『相馬の古内裏』だ。

町に現れた骸骨は、あの絵に描かれていた、がしゃどくろにそっくりだった。

「国芳の仕業だ……」

光起も同じことを考えていたようで、そう呟く。

それに続くように、探雪もふと浮かんだ考えを口にする。

「もしかして、再現しようとしている……？」

幕府の手によって燃やされ、失われた大切な作品。それをこうして蘇らせることで、倒幕の決意を表明しているようだった。

「……なんてこと考えやがる」

拳を握りしめながら、光起が吐き捨てるように言う。

突如として出現した巨大な骸骨に、人々は悲鳴を上げながら逃げ惑った。

四季隊の他の隊員が、町民を避けるように屋根の上を駆けていく。どくろを倒すため、動き始めたのだろう。

我に返り、光起が声をかける。

「俺たちも、やることやらねえと」

「うん。手筈通りやろう」

探雪もすぐに頷き返す。

有事の際は、住民たちの誘導をするよう言われている。混乱の中にいる人々に声をかけながら、安全に避難ができるように指示を出していく。

そのとき、どくろが家屋を掴んだのが、視界の隅に入った。どくろの手の中で家屋は握り潰され、放り投げられる。その破片がこちらに向かって、勢いよく飛んできた。このままでは、避難している人たちにぶつかってしまう。

「題目、『蜘蛛乃糸』」

探雪は瞬時に題目を唱え、蜘蛛の糸を張り巡らせる。断片がその網にかかり、町民に当たる直前でなんとか受け止めた。

ほっと胸を撫で下ろしながらも、遠く先にいるどくろを見つめる。他の隊員が攻撃をかけているのだろう。どくろの周りを画術で生み出されたものたちが漂い、どくろの骨を断ち切るが、修復の速度が速いようでその勢いを崩せずにいる。どくろは家屋を摘み取っては、辺り構わず投げ飛ばしていた。

探雪は、悔しさから唇を噛みしめた。もっと自分に力があれば、そんな思いが過る。

それでも今できることをやるしかない。

そう気持ちを切り替えて、再び住民の避難を仰いだ。

窓の外、夜の闇の中でどくろが暴れ回っている。

刻を同じくして、将軍警固についていた守景と一蝶は、その光景を天守閣の最上階から見つめていた。

「町が潰されていく……」

吉房が現実を受け止めるように口にする。

その横で、守景は静かに拳を握り締めた。

きつく握られた拳に、一蝶は守景の想いに気づくが、何も言わずに視線を逸らす。

どくろの周りでは、四季隊の隊員たちが身を挺して戦っている。本当なら今すぐにでも前線へ向かって一緒に戦いたい。それでも今は、吉房を守ることが自分の務めだ。

守景は気持ちを切り替えて、吉房に声をかけた。

「奥に戻りましょう」

けれど、吉房は動こうとしなかった。

「もう、残されていないのだろうか……」

どくろから目を離さずに、吉房は続ける。

「誰も傷つかずに、元に戻る道はもうないのだろうか」

守景は、一瞬だけ返す言葉に迷った。

それに答えるには、あまりにもいろいろな想いを乗せて事態が進み過ぎている。

きっと吉房もあらゆる、〝もしも〟を想像してきたはずだ。

もし、規制が始まらなかったら？

今のような世の中にはなっていなかったかもしれない。

けど、規制が始まったきっかけと同じように、また反乱が起きていたかもしれない。

もし、もっと早い段階で規制を取りやめていたら？

和解の道があったのかもしれない。

けど、作品を処分されたことの悲しみや怒りは消えないだろう。

仮に今、規制をやめたところで元通りとはいくはずもない。

それでも、手遅れなどとは思いたくなかった。

「……生きてこそです。俺たち四季隊は、全員諦めていません」

今戦っている隊員たちの想いも込めて、守景が言う。

「そうだな……すまない」

気弱なところを見せたことを恥じるように、吉房が返す。

「奥へ行きましょう」

もう一度促すと、吉房もそれに応じる。

しかし、窓から離れようとしたそのときだった。

窓から小さな黒い影が飛び込んできた。守景と一蝶はとっさに吉房を庇うように立ち回りながら、それが黒猫だと気づく。

「芳年か……!」

距離を取ってから、対峙するように向き直ったときには、芳年は元の姿に戻っていた。

「一蝶、外へ……!」

守景が一歩前に出ながら、声をかける。

一蝶もすぐに吉房を引き連れて、階下へ向かおうとする。

「行かせない……『暗天幕』」

芳年が唱えた瞬間、部屋の中が闇に包まれ、一蝶も吉房も足を止めた。

◆◇◆

つい先ほどまで混沌としていた町中に、今は人の気配はない。

住民のほとんどが避難できた後で、探雪と光起は逃げ遅れている人がいないか見て回っていた。

すると、どこからか子どもの泣き声が聞こえてきた。声を頼りに、一軒の家へと入る。

そこには幼い少年と祖父らしき男性が座り込んでいた。

「大丈夫ですか⁉」

駆け寄ると、少年の祖父が足を押さえながら答える。

「足をくじいてしまいましてね。大丈夫です、自分で歩くことはできますから」

「応急措置になりますが、手当しましょう」

探雪が手持ちの布を取り出すが、泣いたままの少年が気になった。すると、光起が少年の前に膝をつき、画術で一輪の花を具現化する。

「ほら」

光起が花を差し出すと、少年は涙を引っ込める。

「ありがとう」

　少年は笑顔になって、花を受け取った。

「お祖父さん、怪我してるから、君が助けてあげるんだ。もう少し頑張れるな？」

　光起の言葉に、少年は「うん！」としっかりと頷いた。

　それを見て探雪は、少年の祖父に向き直る。布を縦に割くと、足を固定するように巻いていく。処置を受ける間、祖父がおもむろに口を開いた。

「しかし、まあ、どうしてこんな世の中になったんでしょうな。少し穏やかな日々が戻ってきたかと思えば、また戦乱。ここまで荒れれば、また町が立ち直るまでに時間が掛かるでしょうな」

　そう話す顔は、憂いていた。

「まあ、火事が起きないだけ、ましと思うべきだろうか……」

　祖父の呟きに、そういえばと探雪は思う。

「……どうして今回、倒幕派は町を焼かないんだろう」

　ひとり言のように呟いた言葉に、光起が反応する。

「確かに妙だな。夜討となれば、町を焼くことが多い」

　かつて別の派閥が奇襲した際も、火が放たれた。それを考えると、やっぱり引っかかる点だ。

「何か火を使いたくない理由があるのかな」

「そんな理由あるか？」

「もしかして、火が苦手とか？」

「どくろが？」

「どくろがっていうより、画術を発動している人が、じゃない？　画術には、心理的要因が働くよね。僕が術を使えなくなったように。それは画術で具現化したものにも影響するし……」

「そうか、国芳は自分が描いた絵を目の前で燃やされている」

「もし、国芳が火に対する恐怖心を今も持っているなら……」

「国芳が具現化したどくろも、火に弱いかもしれない」

ふたりの考えが一致し、顔を見合わせる。

それから、探雪はふと思い出した。

「そういえば、神社で戦ったときも、火の攻撃を避けていた気がする……」

国芳の蔓は炎に怯むように、攻撃の手を緩めていた。蔓と火の相性が悪いこともあったのかもしれないが、国芳ほどの使い手なら撥ねのけることもできたはずだ。

「木箱を取り戻すために、わざと手を引いて罠に誘導したんだと思ってたけど、あれも単純に火を恐れてただけなのかも……」

言いながら、自分でその可能性を否定したくなる。

「でも、それなら国芳自身も弱点に気づいてるはずだ。なのに、あんな戦い方をするかな」

「……するだろうな、あいつなら。戦い方どうこうの前に、あの絵を再現することに意味があるんだろ」

絵を燃やされた瞬間の、憎悪に満ちた国芳の顔が蘇る。光起の言う通りのような気がした。

どくろが火に弱い、これはあくまで推測だ。でも、やってみる価値はあるはずだ。

心を決めると、探雪は顔を上げた。

「行こう、光起」

それが、どくろを自分たちの手で倒そうという意味だと、光起は理解する。

住民たちの避難も終わっている。前線へ向かっても問題はないだろう。

けれど、頷きかけて光起は躊躇した。どうしても、木箱の存在が引っかかる。今、探雪を国芳の近くに行かせることは、正しいのだろうか。

あの箱がなんであれ、四季隊にいれば、いずれ立ち向かわなくてはならないことだ。けど、それは果たして今なのか。

行くなと止めるのが、自分の役割なんじゃないのか。

「光起」

答えを求めるように、探雪が呼ぶ。

見れば、探雪の目には揺るぎない意志が滲んでいた。

「……どうしたって、お前は行くよな」

「うん、今できることがあるのに、それを見なかったことにしたくない」

一緒にやると決めたその意味を思い、光起は決めた。

「……わかった、行こう」

万が一のときは、自分が探雪を止める。そう心に留め、光起は返した。

探雪は、少年とその祖父を振り返る。

「お祖父さん、僕たちは行かなくちゃいけません。自力で避難できそうですか?」

「ぼくが一緒にいるから、だいじょうぶ！」

祖父が答える前に、少年が胸を張って答えた。

「ふふ、そういうことですので、私たちは大丈夫です。本当は力になれたらいいのですが、私どもは陰ながら応援することしかできません……どうか町のみんなのためにも、お願いします」

祖父も探雪たちに向き直って頭を下げる。

探雪と光起はそれにしっかりと頷き返してから、外へ飛び出した。

少し先で、どくろはまだ衰えることなく暴れ回っている。

ふたりは巨大などくろに向かって、どちらからともなく一斉に駆け出した。

夜に浮かぶような白い巨体を追いかける。

どくろに近づくにつれて、負傷して動けずにいる四季隊の隊員たちを見かけるようになった。四季隊の中でも救護を担当する隊員たちが、せわしなく動き回っている。

ようやく、どくろのすぐ傍まで辿り着いた。どくろは町を引っ掻き回しながら、城の方へと向かっているようだ。

そして、その肩の上に国芳の姿があった。

探雪と光起は、どくろの左右に分かれ、屋根の上に登る。さらに、距離を詰めたところで、それぞれ題目を唱えた。

両側から、どくろに火炎を浴びせる。すると、どくろはギイイイと声を上げながら足を止めた。

「効いている」

探雪と光起も、確かな手応えを感じた。

火を浴びたところが焦げて、砂になる。けれど、火力が足りないのか、どくろの修復をなかなか追い越せない。

どくろの異変に、国芳もふたりの存在に気づく。舌打ちをして、国芳は木箱を袂から取り出した。

それを見て、光起が瞬時に照準を国芳に向ける。

迫ってきた炎を、国芳は水で打ち消す。それから、どくろの骨を伝って、光起の前に降り立った。

道を挟んで反対側の屋根にいた探雪も、それに気づく。

「光起……！」

「こっちはいい。お前は攻撃を続けろ！」

光起はそう返してから、国芳と向き合う。

「キミ、この箱の意味に気づいたんだろう？」

国芳が箱に手をかける。

「やめろ！」

思わず、光起は叫んだ。

期待していた反応を喜ぶかのように、国芳はにやりと笑う。

「あの子、本当は倒幕派に引き入れようと思ってたんだけど、振られちゃいそうなんだよね」

「探雪がお前らにつくはずないだろ」

「うん、だから、もういいかなって。味方になってくれない力なんて邪魔なだけだから。

箱を開けたら、あの子、どうなるかなぁ？　力を持て余して自滅するか、誰かを傷つけて絵なんて諦めるか。どっちだと思う？」

「知るか。そんなこと、させねえ……」

「ふうん、面白い。この箱、からくり箱って言ってね、押したり引いたり、一定の操作をしないと開かない仕組みになってるんだ。やってみなよ。箱が開くまでに、オレを止められるのか」

言いながら、国芳が箱の板を一枚ずらす。

光起はすぐに題目を唱え始めた。火炎を放射するが、国芳は軽く躱す。反撃もせずに、国芳がまた板を動かすと、箱の形が変わっていく。

時間がない。あといくつか板を動かせば、あの箱は開いてしまうだろう。

光起は、国芳に向かって駆け出した。瓦を強く踏み込みながら、その手に具現化した刀を握る。火を纏った刀を光起がひと振りすると火柱が迸った。

火の波が国芳に迫る。後ろには、どくろがいる。避ければ、攻撃がどくろに当たるだけだ。そう判断して、国芳は仕方なく画術で壁を作ってそれを防ぐ。

防御によってできた隙をついて、光起がさらに間合いに踏み込む。しかし、横から大きな影が襲ってきた。光起は、どくろの手によって弾かれ、屋根の上から落ちた。

吹き飛ばされた勢いで地面を転がり、壁に背中を打ちつける。

「……早く止めねえと」

自分を鼓舞して、なんとか身体を起こそうとする。すると、どくろの大きな手が目に入った。押し潰そうと迫る手のひらに、立ち上がろうとするが脳が揺れる。

そのとき、自分ではない誰かが題目を唱える声が聞こえた。

「題目『豪火』」

見れば、探雪が光起の前に立ち、両の手をどくろにかざしていた。その手から放たれた火炎が、どくろの手を焼く。どくろは手を引っ込めて、焦げて灰になった部分を修復し始めた。

「光起、大丈夫？」

探雪が、光起に手を差し伸べる。その手を取って立ち上がりながら、光起は声を絞り出した。

「お前、すぐにここから離れろ……」

意味を取りかねて、探雪が目を瞬く。

すると、月の光を遮るようにして国芳が屋根の上に立った。国芳がまたひとつ板を動かすと、箱がかちりと音を立てた。

箱が開き、その中から国芳が一枚の紙を取り出し、宙に放つ。ひらひらと横に揺れながら、その紙が探雪と光起の前に落ちてくる。紙には、何か絵のようなものが描かれている。

そして、その裏面には、呪文のような文字が書き記されていた。

それを目にした途端、探雪は心臓がどくんと嫌な音を立てるのを感じた。鼓動は激しさを増し、どくどくと脈を打つ。息が詰まるような苦しさに胸を押さえた。

「探雪……！」

光起が呼ぶ声が、微かに聞こえる。けれど、それも次第に遠のいていった。

激しい怒り、戸惑い、悲しみ。そういった感情がどっと波のように押し寄せる。

頭が割れそうに痛い。

襲ってくる感情の嵐に、探雪は唸り声を上げた。

探雪を中心に風が巻き起こる。風に煽られて、探雪の額当てが解けて飛ばされた。

頭の中に、記憶が流れこんでくる。

過去の中へと、探雪は引きずり込まれた。

◆◇◆

気がつくと、森の中にいた。

これはいつのことだろう。

木々のざわめきと鳥のさえずりが聞こえてくる。頰を撫でる風が気持ちよく、穏やかな

昼下がりだった。

ふと、目の前に広い背中があった。これは、兄の背中だ。それから、その背中を見上げていることに気づき、まだ幼い頃の記憶だと知る。

規制が始まる少し前、兄が家を出る直前のことだ。あの頃は、これからも兄と一緒にいられるものだと思っていた。そして、ずっと兄から絵を教えてもらえるのだと、信じ切っていた。

鳥居をくぐり、石段を上っていく兄の背中を追いかける。そうだ、あの日はわずかな画材を持って、絵を描きに山奥の神社へ遊びに来ていたのだ。

石段を上り切ると、狛犬が二匹、迎えるように鎮座していた。

「ねえ、どうして神社には犬がいるの?」

何気ない疑問にも、探信はいつも丁寧に答えてくれた。

「ああ、これは狛犬と言ってね、犬に見えるけど、実は犬じゃないんだ。神さまに仕える獣って言ったら、わかるだろうか……悪い気を払って、神さまを守っているんだよ」

「へえ、狛犬ってえらいんだね!」

探雪は、兄の説明を聞いて笑顔になる。

あの頃は、兄から教えてもらうことを通して世界を知った。兄の優しい言葉には、不思議な力が宿っているようだった。兄を介することで、空も花も、世界のあらゆるものが輝いて見えた。

教えてもらったばかりの狛犬が眩しく見えて、探雪は境内の片隅に座ると、狛犬の絵を描き始める。

探信もその隣に腰を下ろし、熱心に絵を描く姿を眺めていた。

「探雪、絵が好きか？」

「うん、好き！」

一点の曇りもない顔で、探雪は答えた。

「もし……これから絵が描けない世界になったら、どうする？」

その言葉に、探雪は目を瞬いた。

探信は、いつだって探雪を変に子ども扱いしたりせず、できるだけ真実を教えようとしてくれていた。だからこのときも、その問いかけがたとえ話でもなんでもないのだろうと、幼いながらにわかったのだ。

「絵が描けなくなるの……？」

「……おそらくな」

それは嫌だという想いが真っ先に湧き上がる。けれど、兄の寂しげな表情にそれを呑み込んで、もう一歩先に考えを巡らせた。

「いつ、また描けるようになる？」

「いつかは、わからない。でも、必ず絵が描ける世界が戻ってくるはずだ」

「うん、絶対に戻ってくるよ」

探信はまだ寂しげな表情で微笑む。

「だから……元気、出して」

ただ、励ましたいという一心だった。

気がつくと、宙に線が走り、蝶が羽ばたき始めていた。

探信が手を伸ばすと、蝶が指に止まり羽を休める。

「驚いたな……探雪、もう画術が使えるのか」

「がじゅつ？」

聞きなれない言葉に、探雪は首を傾げる。

「いや、今は知らなくていい」

たくさんのことを教えてくれる兄が、このときはそう言った。

「絵が好きな気持ちさえ、忘れずにいてくれたらな。いつの世も、人の心を明るくするのは、誰かに何かを届けたいと思う気持ちだ。だから、届けようとし続ける限り、人はまた絵を求め始めるだろう」

美しい蝶を眺めながら、探信は柔らかく微笑んだ。

蝶が探信の手を離れ、飛んでいく。

「あ、待って！」

木漏れ日が揺れる境内をひらひらと舞う蝶を、探雪が追いかける。まだ画術で生み出したものを操ることはできないのだろう。探雪は、すっかり蝶に遊ばれている。

「探雪、遠くには行かないようにな」

夢中になっていて、その声も届いているのかわからない。

「まったく……」

呆れるように言いつつも、微笑ましくて頬を緩める。

そのとき、石段を上って来る足音が探信の耳に届いた。振り返ると、父である探幽が現れた。笹が繁った竹を担いでいて、上りきったところで息をついている。探信は駆け寄ると、代わりに竹を預かった。

「悪い……神社に行くなら、持って行ってくれって頼まれちまってな」

探幽が腰を伸ばしながら説明する。おそらく七夕用の竹だろう。

「またそうやって、すぐ引き受けるんですから」

「いやぁ、頼られると断れないんだよなぁ。その代わりにいいもん、もらったぞ。寄木細工の箱なんだけど、探雪のやつに……」

探幽は境内を見渡しながら、言葉を切る。

「あれ、探雪は？」

その言葉に、探信もすぐに竹を置いて境内を探す。

ほんの一瞬、目を離しただけだった。探雪の姿がない。境内の片隅に、絵だけが残されている。きっと、蝶を追って森の中に入ったのだろう。探信は絵を手にしたまま、急いで探雪を探しに向かった。

探雪が手を伸ばしたその先で、蝶が消えていく。

気がつくと、探雪は森の中に迷い込んでいた。来た道を振り返ってみても、見慣れない景色が広がっているだけだ。

「兄さん……」

そこにいないのに、助けを求めるように呟く。

すると、すぐ傍の茂みがガサガサと音を立てて揺れ、影が飛び出してきた。現れたのは、探雪の何倍も大きな体を持つ山犬だった。山犬は威嚇するように唸り声を上げている。逃げようとしたが、足が竦み、探雪は尻もちをついた。

山犬が牙をむいて、飛び掛かってくる。

そのとき、大きな背中が山犬との間に立ち塞がった。

探幽が、探雪を庇うようにして山犬に向き合っている。山犬の牙が顔に迫ってきたところを、探幽はとっさに利き腕を前に出した。山犬がその腕に噛みつき、牙が食い込む。探幽は激しい痛みに顔を歪め、腕から流れ出た血が地面を濡らした。

声にならない声を上げながら、探雪は愕然とした。

恐怖、戸惑い、怒り。それらが入り混じり、頭が混乱する。

その中で強く思った。父が絵を描けなくなってしまう。

山犬は、父の腕に噛みついたままだ。

今度は、自分が守らなくては。そう念じたときには、宙に岩が具現化されていた。そのまま、岩は山犬に向かって飛んでいき、その腹に直撃した。山犬は鳴き声を上げながら、ようやく探幽の腕を離す。

けれど、胸の中の混沌とした感情は収まらなかった。

探雪が立ちあがると、風が巻き起こり木々を揺らす。

胸を襲う感情が、もうなんなのかわからない。ただ、激しい感情の波が自分の中で何か強い力に変わっていくのだけはわかった。

山犬が怯み、逃げ帰っていく。無意識に、探雪はそれを追いかけた。

「探雪、待て……！」

探幽が呼び止める。しかし、我を忘れた探雪にその声は届かず、山の奥へと消えてしまった。

逃げ惑う山犬を、追い続ける。

血を流し、ぼろぼろになった父の腕が頭を過る。

その途端、奥底に溜まった力が爆ぜた。

気がつくと、木々をも越えるほどの狛犬を具現化していた。そして、その中に自分が取り込まれてしまっていることに気づく。自分を呼ぶ声が遠くで微かに聞こえる。けれど、激しい感情に駆り立てられるように、傍の木々をなぎ倒した。

それを目の当たりにした探信は、とっさに題目を唱えた。手にしていた絵の裏側に、呪文のような文字が浮かび上がる。

次の瞬間、探雪は感情の波が静まるのを感じ、次第に意識が薄れていった。

誰かの背中から伝わる温もりに、探雪はぼんやりと目を覚ました。頭がひどく痛み、何が起きたのかうまく思い出せない。

それから、どうやら探信に背負われているのだと気づいた。探幽は腕を押さえながら、隣を歩いている。

探雪は、ふたりの会話に耳を傾けた。

「父さん、探雪のことをお願いします。私はこれから探雪の傍にいられませんから」

「……どうしたって、行くんだな」

「いずれ、画術は武力的な手段になるでしょう。本来の目的を忘れ、より強力な力を求めるようになります。探雪のこの力が知られれば、どんなことに巻き込まれるかわかりません。この先、探雪が絵に関わらないよう導いてあげてください」

　そう告げる声は、苦しそうだった。

「そうは言ってもなぁ。どんな道を選ぶかは、探雪が決めることだろう」

「それでも……この力は、探雪自身を滅ぼしかねません。それだけでなく、探雪が守りたいものすら壊すかもしれない。そうなれば、探雪は傷つくことになります」

「まあ、探雪を守りたいって気持ちはわかる。できるだけのことは、やってみる。けどな、保証はできないぞ。探雪の絵に対するひたむきさは、お前が一番よくわかってるだろう？」

「はい……だからこそ、教え過ぎたことを後悔しています」

「お前が後悔することでもないさ。情熱なんてものは、誰かが止められるものじゃない」

　山を抜け、神社まで辿り着く。

　探信は、境内の片隅に探雪をそっと寝かした。

「……そうですね。ですが、絵がある世界を取り戻すまでは……」

　探信は探幽から木箱を受け取ると、中に紙をしまいこんだ。

箱を閉じる音がする。

そこで、探雪の意識は途切れた。

◆◇◆

どくろと並ぶほどの大きな狛犬が町を進んでいく。

光起はそれを見上げながら、唇を嚙みしめる。

狛犬が具現化されたとき、探雪がその中に取り込まれていくのを確かに見た。

画術の暴走。その言葉が頭に浮かんだ。根拠はないものの、それが今の状況にしっくりくる気がした。狛犬はどこを目指すでもなく、暴れながら町を突き進んでいる。

光起は一旦どくろから離れて、城とは反対側へ向かう狛犬を追いかけた。何かあったら、自分が止める。そう決めて、ここまで来たのだから。

光起の手には、探雪が落としていった四季隊の額当てが握られていた。

「探雪!」

その名前を何度も呼ぶが、狛犬はまるで見向きもしない。もっと近づけば、届くだろうか。

光起は走りながら、題目を唱える。すると、並走するように鷹が宙に描き出された。光起は、鷹に飛び乗った。

鷹が空高く舞い上がり、狛犬の顔に近づく。

「探雪、しっかりしろ！」

その中にいるはずの探雪に呼びかける。

狛犬がちらっとこちらを向いた。もしかしたら、声が届いたのかもしれない。そう期待するが、狛犬は目の前をうろつかれ鬱陶しいというように、手で振り払おうとする。

狛犬の大きな手が迫る。鷹を操って、その下をくぐりぬけた。

しかし、すぐにまた手が襲いかかってきた。大きな手が鷹の翼を掠め、体勢を崩す。さらに、狛犬が手を振ったことで巻き起こった風によって鷹が流された。

家屋に向かって、鷹と共に落ちていく。仕方なく光起は術を解くと、屋根の上に転がるようにして着地した。

「くそ……俺じゃ、ダメなのかよ……」

身体を起こすこともできずに、ただ遠ざかっていく狛犬を見つめる。

◆◇◆

月の光が差し込んでいたはずの部屋が、今は真っ暗な闇に包まれている。

守景はすぐに画術で火を灯した。火の玉がふわっと浮かび、周りを照らしてくれる。けれど、本来なら部屋の隅まで届くはずの光は、辺りを包む闇に吸収されてしまっているようだ。照らし出す範囲がやけに狭く、数歩先までしか見通せない。

火の明かりを頼りに、外へ出ようとしていた一蝶と吉房が傍へ戻って来た。吉房を挟むようにして、守景と一蝶が立つ。

「これ、芳年の術だよね」

一蝶の言葉に、守景は頷きながら火の玉を大きくしようとしてみる。けれど、なぜか火の勢いはすぐに衰えてしまう。

「ダメだ。これ以上は火を大きくできない」

試しに、少し身体から離してみる。けれど、火が消えかけたのを見て、慌てて傍に戻した。

「久しぶりにあれやる？」

一蝶からの提案に、守景がわずかに懸念を浮かべる。

「範囲が狭くなりそうだけど、いけそう？」

その問いかけに、一蝶が余裕そうに微笑む。

「うーん、俺たちなら大丈夫じゃない？」

「まあね」

守景は肩を竦めてから、片膝をつく。目を瞑り集中すると、火の赤みが増して明るさが強まった。

「守景は火に集中して。何か入ってきた瞬間に、ぶった斬るから」

一蝶の手には、具現化した刀が握られた。

そのとき、何かがものすごい速さで飛んでくる気配がした。

芳年が放った矢だ。

その矢が、火が照らし出す領域に入った瞬間、守景がその的確な位置を感じ取る。そして、それはほぼ同時に一蝶にも伝わった。反射で、一蝶が侵入してきた矢を斬り落とす。

暗闇の中から、また次の矢が飛んでくる。芳年の姿は見えない。

矢が放たれる度に、一蝶が次々と斬っていく。

「反応はできるけど……」

言いながら、一蝶は立ち位置を変える。吉房を背中に庇うようにして、ぎりぎりのところで矢を弾いた。このままでは反撃に出られない。

「防戦って嫌いなんだよね……」

一蝶が不機嫌そうに呟く。

それから、頃合いを見計らって告げた。

「守景、お願い」

言いながら、一蝶が次の矢を落とす。

「わかってる！」

瞬時に、守景は矢が飛んできた方角へと雷を放つ。

電撃が闇を照らし、芳年の姿がほんの一瞬だけ見えた。けれど、攻撃は芳年を掠めただけらしい。芳年は体勢を立て直すと、すぐさま突風を起こした。集中が解けて弱まっていた火の玉が、風を受けて消える。

再び、部屋が闇に包まれた。

芳年が闇の中に手を突っ込むように差し伸ばす。すると、吉房の背後からぬっと白い手が現れた。吉房の身体が傍から離れていくのを、守景も一蝶も感じ取った。

もう一度、火の玉を灯したときには、吉房の身体が闇の壁に引きずり込まれるところだった。

「しまった……！」

守景と一蝶が手を伸ばすが、わずかに届かない。最後まで残っていた吉房の足まで消えていく。

芳年が闇の中から手を抜くと、一緒に吉房が引きずり出された。

守景と一蝶の背後で、別の火の玉が灯る。その明かりに振り返ると、芳年が吉房を人質にして立っていた。首に手をかけられ、苦しそうに吉房は顔を歪めている。

「芳年、やめろ！」

守景が叫ぶ。

「まだ殺らないよ」

芳年は横目で吉房を睨む。

「貴方には、最後まで見届ける義務があるんだから。失われた国芳さんの作品を」

芳年が憎しみを込めるように、首を絞める手に力を込める。

守景も一蝶も動けずに、唇を噛みしめた。

そのとき、暗闇に包まれていた部屋に閃光が走った。

闇を引き裂くようにして、探信が部屋に飛び込んでくる。手には、光をまとった刀が握られている。切れ目が入った闇は、みるみるうちに光に侵食され、術が解けた。

探信は、芳年に向かい合うようにして立つ。

束の間、部屋の中に静けさが落ちた。それを最初に破ったのは、吉房だった。

「守景、一蝶、私のことはいい。町へ行ってくれ……」

「ですが……」

守景が反論しかけるが、それを遮るように声が被せられた。

「町を頼む……！」

吉房が懇願する。

守景は、それでも迷っていた。前に立つ、探信の背中を見つめる。

「ここは任せて、行くんだ」

探信が後押しするように告げた。

その背中に、守景が問いかける。

「探信さん……信じていいんですか？」

探信が倒幕派についたのではないかという噂は、守景や一蝶の耳にも入っている。昔の探信を知る守景や一蝶は、噂を鵜呑みにするつもりはなかった。それでも、会っていない空白の時間や自分の立場を思えば、安易に信じることは許されないと思った。

「……探雪を頼む」

背中を向けたまま、探信が言う。その声には切実さが滲んでいた。

守景も一蝶も、耳に届いたその声に悟った。探信は昔のままなのだろう。

探信は振り返らずに続ける。

「鍵は開いてしまった。開いてしまったあとで、私にできることはない」

今まで傍にいれなかった自分に、探雪を引き戻す術はない。

探信は、託すことに決めた。

「守景、行こう」

一蝶の言葉をきっかけに、守景も気持ちがまとまった。

守景と一蝶は、部屋を飛び出して前線へと向かった。

◆◇◆

狛犬(こまいぬ)の背中が遠ざかっていく。

「……ふざけるなよ」

光起は呟きながら、額当てを握(にぎ)る手に力を込める。無性に悔(くや)しくて仕方なかった。

身体を起こして、立ち上がる。

屋根の上を走り、飛び移るようにしながら追いかけた。

「ふざけるなよ！　お前が俺と一緒にやるって言ったんだろ！」

狛犬との距離(きょり)は縮まった。

この声だって、届くはずだ。

そう信じて精一杯(せいいっぱい)、声を張り上げる。

「お前が……俺に思い出させたんだろ。絵が大切で仕方ないってことも……本当は、絵が好きでどうしようもないってことも！」

狛犬が足を止めて、悲しそうに咆哮(ほうこう)する。

「絵がある世界を取り戻せるんじゃないかって。お前とだったら、もう一度、期待してみてもいいかもって。お前がそう思わせたんだろ……なのに！」

狛犬が暴れ回り、その大きな手が光起の目前に迫る。

しかし、光起は一歩も引かずに、握り締めていた探雪の額当てを突き出した。

「俺との約束、忘れてんじゃねえよ！」

狛犬の手が寸前でぴたりと止まる。

妙な静けさの中、自分の息切れだけが聞こえた。

顔を上げれば、狛犬の手は透き通るように実体が薄れ、線へと戻っていく。術が解けようとしているのだ。

ハッとして、光起は再び鷹を具現化すると飛び乗った。

狛犬から解放された探雪が、遥か上空から落ちていく。その一点を目指して、光起を乗せた鷹が夜空を滑空する。

光起が身を乗り出して、探雪の腕を掴んだ。

その手を握り直すように、探雪の手に力がしっかりと込められる。

「……光起、ごめん。ありがとう」

探雪が顔を上げて、微笑む。

一度だけ唇を噛みしめてから、光起は叫んだ。

「てめえ、次忘れたら、本気でぶっ飛ばす！」

「うん、もう大丈夫。絶対に忘れない。ふたりでやろう」

探雪がはっきりとした声で答える。

光起が探雪を引き上げて鷹の上に乗せる。そのまま旋回して、城へ進み続けているどくろの方に舞い戻った。

鷹から降りて、どくろのすぐ近くの道に立つ。

探雪が光起から額当てを受け取って、しっかりと巻き直した。

「行こう！」

探雪の言葉を合図に、ふたりで駆け出した。

どくろの肩の上にいた国芳は、嫌な予感に振り返る。

目を凝らせば、少し先から探雪と光起がこちらに向かって来る姿が見えた。舌打ちをして、国芳は町へと降りる。

探雪と光起は、通りの先に見えた人影に足を止めた。

「キミたちも、ほんとしつこいね」

国芳がふたりの前に立ち塞がる。

「題目『猫武者』」

国芳が唱えると、武者の姿をした猫が現れる。

探雪と光起も、臨戦態勢に入ろうとしたそのとき。

「題目『風神雷神』」

どこからともなく唱える声が聞こえたかと思うと、風神と雷神が国芳との間に入った。

そして、屋根の上からふたつの影が降りてきた。見慣れた背中が、探雪と光起の前に立つ。

「守景さん、一蝶さん！」

「ふたりとも行け！」

守景が振り向かずに告げる。

「絶対に、死んじゃダメだよ」

一蝶の声も真剣だ。

ふたりに後押しされるように、探雪と光起は脇道に回って、どくろの後を追った。

探雪と光起の足音が遠ざかり、一瞬だけ通りを静寂が包む。

それから、国芳が口を開いた。

「いいよ、この前の仕返しついでに遊んであげる」

猫の武者が刀を手に突き進んでくる。

それに応じるように、風神が突風を、雷神が雷を起こす。

風と雷が混ざり合い、猫武者がそれを刀で受ける。

攻撃がぶつかり合う衝撃音が、町の中に響いた。

◆◇◆

天守閣の窓から、どくろがすぐそこまで迫っているのが見える。

探信と芳年が間合いをはかるように、にらみ合う。

芳年は吉房をしっかりと捕まえたまま、矢を具現化し始める。しかし、探信がそれにちらっと視線を向けた瞬間、形を成す途中で矢に火がつき燃え盛った。わずかな灰を落として、矢は消えてしまう。

敵わない。探信との力量の差をすぐに感じ取り、芳年は逃げの一手に転じた。

「題目『黒霧』」

部屋の中を黒い霧が覆い、視界を奪う。

探信は手にした刀で、霧を振り払った。霧が晴れる頃には、芳年と吉房の姿は部屋の中になかった。

探信は、すぐに窓から屋根の上に出た。

吉房を連れたまま、芳年が振り返る。

その間にも、どくろはじわじわと城へと迫っている。

「もう、いいだろう」

探信が諭すように声をかける。吉房を返して欲しいと、手を差し伸べた。

けれど、芳年は小さく首を振る。

「まだです。まだ、国芳さんの絵は生きてる……」

芳年は、わずかに声を震わせた。

「……なぜですか。貴方が国芳さんの力になってあげたら、絵がある世界だって取り戻せるはずなのに」

その言葉に、探信は返事をしなかった。

芳年は悔しそうにしながら、天に手をかざした。

「題目『満天乃望月』」

芳年が唱えると、手の上に小さな円が現れる。その円は手を離れながら、だんだんと大きな円へと広がっていき、巨大な月となった。天守閣を呑み込むほどの大きな影を落とす。

芳年が上に伸ばしていた手を、下へと振りかざした。すると、満月が重力に引き寄せられたように、探信にぐんぐん近づいてきた。

探信は、とっさに虎を思い描く。月にも負けない大きな虎が真上に現れた。宙を蹴って、虎は月に向けて飛び上がる。そして、その手を振り上げた。

空気が震えるほどの音を立てながら、虎の手が月を粉々に打ち砕(くだ)いた。

◆◇◆

路地を抜けて、どくろの足元まで辿(たど)り着(つ)いた。

探雪と光起は、岩を宙に描き出し、そこへ飛び乗った。ふたりして、次々と階段状に岩を具現化し、さらに上へと昇(のぼ)っていく。

ようやく、どくろと向き合えるほどの高さまできた。

どくろが城に到達(とうたつ)するまで、あと少しだ。最後の詰(つ)めに入るように、どくろは雄叫(おたけ)びを上げた。

探雪と光起は、目で合図をすると攻撃を始めた。

「題目『守犬(しゅけん)』」

光起が唱えると、巨大な狛犬(こまいぬ)が空に現れる。

「題目『豪火(ごうか)』」

探雪も唱える。

それから、同じ題目をふたりで同時に唱えた。

「合作『阿吽乃豪火(あうんのごうか)』」

ふたりでひとつのものを思い描く。

そして、強く念じた。

狛犬の口から、強烈な火炎放射が噴き出し、どくろに浴びせる。

炎で辺りが明るく照らされるほどだった。

町の至るところから他の隊員の声援が聞こえてくる。

どくろの白い体が黒く焦げ、苦しそうにもがく。

「いけえええええ！」

狛犬がさらに強烈な炎を出す姿を、頭の中に描き出す。

思い描いた通り、炎は勢いを増した。

どくろが、ひと際大きな唸り声を上げる。

その瞬間、ぴたりと動きを止めた。

体の一部が黒い煙を上げながら砂になり、綻び始めたところから、さらさらと風に流されていく。

そして、あっという間にすべてが粒子状に変化して、町に降り注いだ。

束の間、町が静けさに包まれる。

それから、四季隊の隊員たちがどっと沸く声が聞こえてきた。

倒したんだ。

耳に届く声に、安堵が一気にこみ上げた。

途端に気持ちが緩み、すべての力を使い果たしたように立っていられなくなった。後ろに倒れると同時に、足元の岩も崩れて宙に投げ出される。

身体が急降下する。

見れば、光起も同じように力を使い切ったようで、下へ落ちている。

守景と一蝶は、ふたりのすぐ真下まで駆けつけていた。

慌てて雲を具現化して、空から降ってきた探雪と光起を受け止める。

柔らかい雲に身体を沈めながら、探雪と光起は意識を手放した。

◆◇◆

翌日、探雪が目を覚ますと、寮の自室にいた。

ハッとして身体を起こそうとするが、うまく力が入らず布団に出戻った。

目だけで隣を見ると、光起が窓際で本を読んでいる。

「起きたかよ」

気づいた光起が、本から顔を上げた。

光起の後ろの窓から微かに赤みが差している空が見えて、夕方なのだろうとわかる。

探雪は、ゆっくりと身体を起こした。

「もしかして……昨日の夜からずっと眠ってたの？」

言いながら、すべてが夢だったんじゃないかと思えてくる。

「あれだけ力を使ったらそうなるだろ。まあ、俺もさっき起きたんだけど……」

光起は本を閉じて、続けた。

「他の隊員たちは広間で宴会してるよ。倒幕派から守った労いだってさ」

「そっか……本当に倒したんだね」

光起に言われて、ようやく実感が湧いてきた。

「準備ができたら、来いってよ。焦らなくても、どうせ夜までやるんだろうけど」

「光起も行くよね？」

「ああ、行くよ。お前が起きるの待ってたんだろ」

あまりにも自然に光起が言うので、探雪は頬を緩めた。

「待っててくれて、ありがとう。みんなのところに行こう」

探雪は勢いよく布団から飛び出した。

「元気なやつ」

光起は小さく笑いながら本を置き、腰を上げた。

川辺に立っていた探信は、傍にある木を見上げていた。

今年は桜が花開く前に、その季節が終わってしまったようだ。枯れ枝になんとなくもの悲しさを感じていると、後ろから猫の鳴き声が聞こえてきた。振り返れば、三毛猫が構って欲しそうに見上げている。

すぐ近くの道を荷車が通りかかる。それも過ぎてしまえば、辺りに人の気配はなくなった。

◆◇◆

探信の隣には、人の姿に戻った国芳が立っている。

「これ、返す」

国芳が木箱を投げるようにして渡す。

探信はそれを受け取ると、箱を開けた。中には、ちゃんと紙も入っている。広げてみると、紙から呪文の文字は消えていたが、探雪の絵は残っていた。

国芳の律義さに、探信は小さく笑みを零す。

そんな探信に、国芳が呆れたような顔で言う。

「前から思ってたんだけどさ、ちょっと過保護過ぎじゃない？」

「そんなことないさ」

「まさか自覚ないわけ？　弟のことなんて構ってないで、自分のことに本腰入れればいいのに。絵がある世界、取り戻すつもりなんでしょ？」

「仕方ないだろう。私にもあるのだから……世界より大切なものが」

探信は、夕日を受けて輝く水面を見つめていた。

本当にどうしようもないと、国芳は息をつく。

「……それが危ういって言ってるんだけどなぁ。そんなに心配なら、傍に置いておけばいいのに」

「いや……もういいんだ」

「なに、弟離れ？　じゃあ、オレが弟くんもらってもいい？　うまく育てれば、いい戦力になってくれると思うんだよね……」

愉快そうに話していた国芳も、探信の刺すような視線に口をつぐむ。喉元に刃物を突きつけられたような気分になり、国芳は取り繕った。

「冗談だって。ってか全然、弟離れできてないじゃん」

「……そうだな。あいつの道は、あいつが決めるものだ」

「そもそもさ、探信がこっちに入ってくれたら早い話なんだけど。キミの噂、耳に入ってるよ。いろいろ動き回ってるらしいじゃん。目的は一緒なんだから、回りくどいことしないで、また一緒にやろうよ」

軽い調子で、国芳が持ちかける。

それが本心だとわかるからこそ、探信は静かに首を横に振った。

「私は私なりにやってみるよ。同じものを手に入れたとしても、そこに辿り着くまでの道のりを大切にしたい」

「ふうん……じゃあ、もう一緒にはできないんだね」

国芳の声に、ほんのわずかだけ寂しさが滲む。

「どうだろうな……絵のある世界が戻ってくれれば、いずれは叶うだろう」

国芳は小さく笑って、返事の代わりにした。

風が吹き、川辺の草が揺れる。

そこにふたりの姿はもうなかった。

寮の大広間へ入ると、四季隊の隊員たちが大勢集まっていた。

机には豪華な料理が並び、すでにお酒が入っているのか、できあがった様子の隊員もいる。

「遅いぞ、主役ども～！」

探雪と光起が顔を出すなり、隊員たちが賑やかに出迎える。

隊員たちはふたりを囲い、次々と労いの言葉をかけてくれた。探雪も光起も、照れくさい感じがしつつ、ありがたい気持ちでそれを受け取った。

しばらく談笑をしたところで、ずん、ずんと廊下を歩いてくる足音が聞こえてきた。

「この、足音は……」と、隊員のひとりが呟く。探雪も心当たりに肩を縮めたときだった。

すぱーんと大広間の襖が片側だけ開いた。

皆が振り返ると、そこには探幽が立っていた。片側の襖だけでも十分通れるのに、探幽はわざわざ左手で右側の襖もすぱんと開ける。

光起は、いつだったか吉房がいるところに乗り込んだ探雪のことを思い出す。あのときも、今の探幽のように勢いよく障子を開けていた。「血筋かよ」と光起は小さく呟いた。

「探雪、まーた無茶しよったらしいな！」

探幽はまっすぐに探雪のもとへと向かってくる。

「うわあ、ごめんなさい！」

「毎度、毎度言っているだろう。お前が突っ走ることで、周りのみんなにもだなぁ……」

探幽のお説教に、また始まったと皆は目を逸らす。

あれこれ言葉を並べたところで、探幽はようやくひと息ついた。

「本当にわかってるんだろうな……」

「……ごめんなさい」

探雪がしょんぼりと肩を落とす。

いつもよりやけに萎れた様子に、探幽は少し戸惑う。それから、探雪の視線が自分の右腕に注がれていることに気づいた。

「今まで、忘れててごめんなさい。父さんが絵をやめたの、僕のせいなのに……」

探雪は目を伏せたまま、消え入るような声で言った。

探幽は困ったようにこめかみを掻いてから、話し始める。

「お前のせいじゃない。それから、絵をやめたつもりもないぞ。左手でも絵は描ける。規制さえ終われば、俺はまた絵を描くつもりだ。そんな世界をお前が取り戻してくれるんだろう？」

その言葉に、探雪は顔を上げた。

「それに、俺にはお前を褒めるだけの腕があれば十分さ」

探幽は左手で、探雪の頭を撫でる。

「よくやった……お前はもう立派な絵士だな」

がしがしと荒っぽい手つきだったが、探雪は嬉しそうに微笑む。

「……うん、ありがとう」

探雪は照れくさそうに返した。

少し離れたところで、光起はそのやり取りを見守っていた。

不意に胸にちくりと痛みが走り、目を逸らす。それから、羨ましいのだと気づいた。厳格な父の背中を思い出し、ふと湧いた感情を振り払う。ないものをねだっても仕方ないと、小さく息をついたそのときだった。

「光起も、よくやった」

後ろから、守景が光起の頭に手を置いた。そして、わしゃわしゃと頭を撫でる。

その手に、光起は落ち着かない気持ちになった。気恥ずかしさと嬉しさが、同時に胸にこみ上げる。

一蝶も光起を挟むようにして隣に立った。手には、団子がのった皿を抱えている。

「光起も、団子食べる？」

一蝶が団子の串を光起に差し出す。

「松永堂の団子だよ」

それは、いつだったか張り込みの途中でひと口しか食べられなかった、あの団子だった。

広間を見れば、配達に来たのか松永の姿がある。

「ありがとうございます。いただきます……」

光起が団子を受け取ろうと手を伸ばすが、なぜか一蝶はひょいとそれを避ける。戸惑う光起に、一蝶は団子を口元に差し出し直した。

「あ、一蝶の餌付け癖がまた……」

守景の言葉に、一蝶が食べさせようとしているのだと気づく。

「あの、自分で食べますから」

光起が断ろうとするが、一蝶の耳には届いてないらしい。「ん」と言って、さらに団子を近づける。どうしても自分の手から食べさせたいようだ。

それを見て、守景がやれやれと肩を竦める。

「光起、団子が食べたいなら諦めな」

目の前の団子に、光起はこくりと喉を鳴らす。しばらく葛藤した後で、諦めて口を開けると、団子を頬張った。

「光起も、すくすく育ちなね」

一蝶は満足そうに、笑っている。

その傍で、守景が思い出したように口を開く。

「あ、そうだ。上様が光起と探雪に後で来るようにって」

「え、どうしてですか？」

光起はむせそうになる。

「ふたりは功労者だからね。直接、お礼が言いたいんじゃないかな。宴会は夜まで続くだろうし、先にふたりで行ってきた方がいいかも」

「そうですね……」

一方で、探雪と話していた探幽に、隊員たちが声をかける。

「探幽さん、せっかく来たんですから、飲んでってくださいよ」

隊員の声に、探幽が快活な笑顔で振り返る。

「おう、俺に酒を勧めるとはいい度胸だ」

探幽が隊員たちの輪の中に入っていき、賑やかだった広間がさらに騒がしくなる。

探雪はその背中を温かい気持ちで見つめた。

「探雪くん」

不意に呼ばれて振り返ると、そこにいたのは松永だった。

「言伝を預かっています。〝三つ目橋の上で待っている〟と」

誰とは言われなくても、探雪はすぐにその人を思い浮かべた。

「〝日が沈むまでは〟とのことですので、どうかお急ぎください」

窓の外を見れば、空は赤く染まっている。日が沈みきるまで、そこまで時間は残されていないだろう。

「あ、ありがとうございます！」

探雪は頭をさっと下げると、大広間を飛び出した。

それに気づいた光起が呼び止める。

「あ、おい、探雪！　上様が……」

「すぐ戻ってくるから！」

そう答えて、探雪は走り去った。

「あいつ人の話を……ったく、呼び出しかかってるのに、どうするんだよ」

光起がぼやくと、隣から守景が顔を覗き込む。

「迎えに行ってあげれば？　相棒でしょ？」

◆◇◆

息が切れて胸が苦しい。

呼吸を整えながら橋の前まで来ると、その人は確かにいた。橋の真ん中に立ち、柵に寄り掛かるようにして、たゆたう川の流れを悠然と眺めている。

上下する胸を押さえながら、探雪はゆっくりと桟橋を渡っていく。声をかけるまでもなく、探信は振り返った。

少しの沈黙の後で、探雪から言葉をかけた。

「また、行くんだよね」

「ああ。行かなければならない」

兄が今、どこで何をしているのかはわからない。それでも、何か強い目的があって、どこかへまた旅立っていくのだろうと思った。そして、それはきっと自分と同じ目的なんじゃないかと。

聞きたいこと、話したいことはたくさんある。

けど、今伝えなくちゃいけないことはなんだ。

もしまた会えたら、一番に何を伝えようと思っていた？

絵をまだ諦めてない、そう伝えたかったはずだ。

兄から教えてもらった絵を楽しむ心を、今も持ち続けていることを。

絵のある世界が戻ってくると信じていることを。

けれど、どんな言葉を尽くせば、それが届くのかと躊躇ってしまう。

すると、探信がゆっくりと口を開いた。

「なあ、探雪。あのときのように絵を一枚描いてくれないか？　旅立ちのはなむけに」

そう言われ、八年前、家を出る兄に贈った絵のことを思い出す。

それを、兄は今も覚えてくれていたのだ。

「……うん、もちろん」

笑顔で頷くと、探雪は心を込めて口にする。

「題目『桜花爛漫』」

　心の中に、いつか兄と一緒に見た満開の桜の風景が蘇ってくる。

　川辺に並んだ枯れ木の蕾がゆっくりと膨らみ始め、やがて花を開いた。

　柔らかい薄紅の桜が咲き誇る。

　ひらひらと花びらが風に揺れて舞い踊った。

　川辺にいた人々は桜に目を奪われ、それぞれに笑顔になった。

　この絵は、兄にどう届くのだろうか。

「ああ、探雪、本当にお前の絵は……人の心を励ます力があるな」

　まっすぐに見つめれば、探信は柔らかく微笑んでいた。

　探信が手を差し伸ばす。

　その手のひらの上に一枚、桜の花びらがのった。

　それからもう一度、探雪に向き直る。

「……お前には、もう相棒がいるから大丈夫だな」

　その視線が自分の背後に向いていることに、探雪は気づく。振り返ると、橋の前に光起が立っていた。話が終わるまで待ってくれているようだ。

　探雪は、探信に視線を戻す。

「うん。僕は僕なりに、光起とふたりで絵を追いかけるよ」

「ああ、またどこかで会えるだろう。絵を求めたその先で」

探信はそう言い残して、町の中へと消えていく。

その背中は、八年前のあの旅立ちのときと同じだった。

いつかもし、絵を当たり前に楽しむ世界が戻ってきたなら。

そのときは、誰かに寄り添うような、人の心を励ますような、そんな絵を描こう。

そう心に決め、振り返る。

探雪は、光起のもとへと走った。

「光起、迎えに来てくれたの？」

「お前が人の話を聞かないで飛び出すからだろ。上様がお呼びだってよ」

「じゃあ、急いで帰らないとね」

そう返すが、光起は動かずに桜を見上げた。

「……綺麗だな」

素直にそう呟く光起に、探雪は頬を緩める。

「絵が描きたくなった？」

「そうだな」

「絵が描けるようになったらさ、そのときは一緒に描こうよ」

すると、光起は照れくさそうに視線を逸らした。

「……それなら、お前はもっと頑張れよな。このままだと、いつまで経っても絵のある世界なんて取り戻せねえぞ」

光起が、すっかりいつもの調子に戻って言う。

「僕だって、少しずつ成長してるし。すぐに光起に追いつくから。何なら追い抜いちゃうかも」

探雪も、いつものように張り合う。

「へえ。じゃあ、その成長ってやつを見せてみろよ?」

「いいよ、見てなよ」

探雪は少し考えてから、猫を具現化しようと決める。

修了試験のときに出した猫の獣だ。

あのときから、いろんなことを乗り越えた。

もちろん、ひとりの力じゃ、できなかったことばかりだけど。

それでも、四季隊に入ったばかりの頃よりは、ほんの少しでも前に進んだはずだ。

期待を込めて、猫の獣を具現化する。けれど、現れたのは、やっぱり熊ともたぬきとも見える猫とは程遠い生き物だった。

「なんでだーっ!」

探雪が思わず叫ぶ。

通りすがりの人たちが、あの生き物はなんだと、訝しげな視線を向けた。探雪は、慌てて画術を解いて猫を消す。

光起は苦笑を零しながらも、どこか楽しそうだった。

「明日からまた修行だな。とりあえず帰るぞ」

光起の言葉を合図に、ふたりで走り出す。

それから、探雪はさっきの続きを尋ねた。

「光起、また修行に付き合ってくれるの？」

「仕方ねえからな。俺と組むなら、もっと強くなってもらわねえと」

『俺と組むなら』

当たり前のように言う光起に、探雪は笑顔で頷いた。

暮れゆく空に桜が舞う。

いつか絵のある世界を取り戻そう、ふたりで。

美しい世界を目に焼き付けながら、そう心に誓った。

あとがき

書くなら、喧嘩ばかりしていたふたりが次第に絆を深めて相棒になっていく王道を。

カクヨムにて開催されていた「最強に尊い！「推しメン」原案小説コンテスト」の応募要項を見てそう思い、一から考え出したのがこの物語の始まりでした。

世界観も設定もキャラも含め、結果的に好きなものをぎゅっと集めて書けたような気がしています。コンテスト応募時から書くのが楽しかった。だから、応募時の約二万三千字から出版にあたって物語を広げ、執筆する際もすらすらと……とはいかず、たくさん悩みました。あれが足りない、これが足りないと頭を抱え、ときには神の力にあやかろうと神社に行き、ときにはパソコンの前で大きな声で歌って気を紛らわせ、やっとの思いで書き上げました。

とは言え、書き終わってしまった今では、あれこれ悩んだことも溶けて消え、やっぱり楽しかったなと思ったりしています。

本を読んでくださった皆さまにとっては、そんなの知らんがなということばかりだと思いますが、そうやって紡（つむ）いだ物語を手に取っていただいて、本当に感謝の気持ちでいっぱいです。

改めて、『富嶽（ふがく）百景グラフィアトル』を読んでいただき、ありがとうございました。

この物語を読んでくださった方の心に触（ふ）れる何かが、ほんの少しでもあったらいいなと願っています。

瀬戸（せと）みねこ

本書は、二〇二二年にカクヨムで実施された「最強に尊い！「推しメン」原案小説コンテスト」バディ部門大賞を受賞した「富嶽百景グラフィアトル」を加筆修正したものです。

「富嶽百景グラフィアトル」の感想をお寄せください。
おたよりのあて先
〒102-8177　東京都千代田区富士見2-13-3
株式会社KADOKAWA　角川ビーンズ文庫編集部気付
「瀬戸みねこ」先生・「村カルキ」先生
また、編集部へのご意見ご希望は、同じ住所で「ビーンズ文庫編集部」
までお寄せください。

富嶽百景（ふがくひやっけい）グラフィアトル

瀬戸（せと）みねこ

角川ビーンズ文庫　24018

令和6年2月1日　初版発行

発行者———山下直久
発　行———株式会社KADOKAWA
〒102-8177　東京都千代田区富士見2-13-3
電話 0570-002-301（ナビダイヤル）
印刷所———株式会社暁印刷
製本所———本間製本株式会社
装幀者———micro fish

●お問い合わせ
https://www.kadokawa.co.jp/（「お問い合わせ」へお進みください）
※内容によっては、お答えできない場合があります。
※サポートは日本国内のみとさせていただきます。
※Japanese text only

ISBN978-4-04-114415-2 C0193 定価はカバーに表示してあります。
◇◇◇

高校生の朝緒は人ならざる者——異形についての悩みを解決する祓い屋"如月屋"の一員。半異形であることを隠しながら働く朝緒だが、なぜか異形を殺すことに執着する新入り・逢魔の監視兼補佐役を任されることに!?

好評発売中！

●角川ビーンズ文庫●

偽りの華は宮廷に咲く
和泉（いずみ）　桂（かつら）　イラスト／未早（みさ）
なぜ父は死んだのか。
真実を知るため、彼は宮廷の華となる――。
辺境の寒村で暮らす永雪に、突然届いた父の訃報。しかも国王陛下暗殺未遂により処刑されたという。父は貴族から碁の指南に呼ばれただけなのに……。真実を知るため、永雪は宮女として宮廷に潜入することを決意する!
好評発売中!

●角川ビーンズ文庫●

黄季は退魔組織・泉仙省の落ちこぼれ退魔師。ある日出逢った謎多き美貌の貴人・氷柳の弟子となるが、それは忘れたはずの過去と新たな災厄を呼び起こし――!?

好評発売中！

●角川ビーンズ文庫●